학봉 김성일 시선

우리
한시
선집

76

학봉
김성일
시선

허경진

머리말

학봉 김성일에 대하여 여러 사람이 평하였지만, 후배인 한강(寒岡) 정구(鄭逑)가 제문에서 가장 절실하게 표현하였다. "집안에선 효성이 지극하였고, 향리에선 행실이 드러났으며, 일찍이도 있는 분께 나아가 크나큰 도리를 직접 들었습니다. 조정에서 임금을 섬길 때에는 꺼림없이 당당하게 직언하였고, 명 받들고 다른 나라에 사신 가서는 크나큰 절개를 더욱 드러냈습니다. 죽음이 바로 눈앞에 있어도 신색을 변치 않았으며, 난리를 만났을 때에는 충성심과 울분이 솟구쳤습니다. 경상도가 다 무너졌지만 의로운 기상이 뻗쳐, 탁한 물결 넘실대어 하늘에 닿는데 공께서는 맨손으로 이를 막았습니다. 충의는 골수에 가득 찼고 도리는 심장 속을 관통했으니, 옛사람이 하였던 이 말이 바로 공을 두고 한 말이었습니다."

퇴계의 제자, 직언하는 신하, 나라의 체모를 지킨 외교관, 임난에 경상도를 지켜낸 구국활동 등을 차례로 들었는데, 그의 시에 대한 칭찬은 제문 끝까지 보이지 않는다. 정한강만 그렇게 여긴 것이 아니라, 그의 시를 칭찬한 문인은 별로 보이지 않는다. 역자가 중국 학자들과 함께 역대 한국 시화 128종을 총망라하여 편집한 『한국시화인물비평집(韓國詩話人物批評集)』(전5권, 보고사, 2012)을 검색해보면 학봉 항목에 실린 5칙은 해주 부용당 시, 통신사(通信使) 시, 진주 삼장사시(三壯士詩)이다. 모두 한 글자 한 구절을 갈고 닦은 아름다운 시가 아니라, 일본과 관련하여 기개와 충의를 보인 시가 후세인들의 귀와 입에 올랐다.

학봉의 시는 『학봉집』과 『학봉일고』에 900여 제 1500여 수가 남아 있는데, 대부분 벼슬하거나 사신으로 오가는 동안에 지은 시들이어서, 이 선집에서도 호당삭제, 조천록, 북정록, 해서록, 금성록, 해사록 등의 제목으로 편집하였다.

정구는 학봉의 행장을 지으면서 "시율이 맑고 깨끗하며 이치가 주도면밀한데, 특히 오언고시를 잘 지어 도연명과 소동파의 시체를 깊이 터득하였다."고 평하였다. 조경은 『학봉집』 서문을 마무리하면서 학봉의 상소문과 차자, 주의(奏議)와 초유문(招諭文)을 높이 평가한 뒤에 "사부(詞賦)와 시율(詩律) 또한 평이하면서도 뜻이 잘 통하여 한유(韓愈)나 구양수(歐陽脩)의 방에 넉넉히 들어갔다."고 평하였다.

2019년에 「학봉 해사록의 재조명」 학술대회를 기획하면서 역자는 「사행록 및 필담창화집을 통해 본 후대 문인들의 평가」라는 논문을 발표하였다. 이 무렵에 『해사록』을 재구성하는 작업을 시작하였다가, 학봉의 시에 빠져서 시선집부터 간행하게 되었다. 두보나 이백 같은 당나라 시인보다는 구양수나 소동파 같은 송나라 시인의 시에 더 가까웠던 학봉의 시를 읽으면서 그의 한평생을 음미해보는 것도 즐거운 일일 듯하다.

2021년 9월 2일

허경진

차례

호당삭제

조천록

탓에 군병에서 제외시킬 즈음에 나이 많고 적음은 묻지 않고 오직 뇌물의 많고 적음에 따라서 처리하였다. 이에 등이 굽고 머리가 허연 자들이 아직 군병에 편성되어 있어, 문서를 가지고 와 하소연하는 자들이 항상 뜰에 가득하였다

금성록

금성록 이후

숲를 가로막기에 베어 버렸다. 그러자 까치들이 또 그 곁에
둥지를 지었기에 느낌이 있어서 읊다

해사록

149 지난번에 피다가지포皮多加地浦에 있을 적에 겐소玄蘇가 홍작약 한 가지를 꺾어서 배 안으로 보냈으므로 상사와 서장관이 시를 지어서 사례하였다. 그런데 나는 다른 배를 타고 있었으므로 모르고 있었다. 이제 그 시에 차운해서 중 겐소에게 부친다

151 산전이 지은 '화병의 꽃을 보고 지은 절구 두 수' 시에 차운하다

153 겐소가 지은 '연석燕席에서 읊은 절구 한 수' 시에 차운하다

154 겐소에게 주다

156 상사가 지은 '마루 앞에 우거진 풀섶을 잘라내고 지은 율시 한 수'에 차운하다

157 십육일에 달빛 속에 타루柁樓에서 오산과 함께 술자리를 벌이고 시를 지어서 화답하였는데, 차오산이 절구 세 수를 읊은 다음에 먼저 무공향無功鄕으로 들어가고 나 혼자서 술을 마시다가 술에 취해 붓을 끌어다 길게 읊조렸다. 술 취한 김에 나도 모르게 시가 지리해졌기에 다른 사람에게 보여 주고 싶지 않았는데, 차오산이 다음 날 아침에 운을 밟아서 모두 지었으므로, 감히 못난 나의 시를 숨기려고 아름다운 차오산의 시를 폐할 수가 없었다. 그래서 지금 그 시고詩稿를 기록한다

159 달밤에 비파 소리를 듣다

160 팔월 십이일에 내가 총견원摠見院에 있었는데, 달밤에 허산전이 술과 악기를 가지고 찾아왔기에, 우연히 절구 몇 수를 지어서 나그네의 회포를 풀다

161 중국 사람으로 남경南京의 태학생인 계옥천稽玉泉이 무인년(1578)에 복건 지방으로 가기 위해 바다를 건너다가 풍랑을 만나 표류하여 남만국南蠻國에 도착하였다. 함께 배에 탔던 자들은 모두 죽임을 당했으나, 계옥천만은 선비의 관冠을 썼다는 이유로 요행히 죽임을 면하였다. 그곳에서 석 달을 머물다가 일본으로 오는 중국의 장삿배를 따라 처음에 서해의 사츠마주薩摩州에 도착하여 십 년을 머물러 있다가 몇 년 전에 다시

이곳으로 왔다. 그러자 관백關白이 불쌍하게 여겨 옷과 식량을 지급해 주고 또 왜녀倭女를 아내로 삼게 하였다고 한다. 그는 우리나라 사신이 왔다는 소식을 듣고 관백의 아우인 대납언大納言에게 청해서 시를 폐백으로 삼아 나를 찾아왔다. 그와 말해 보니 제법 문자를 알고 또 의술에도 통하였다. 그리고 의관이나 용모, 행동거지에 있어서 모두 중국의 풍속을 지켰으니, 농사꾼이나 장사치는 아닌 게 분명하다. 이에 술을 주고 이어 그의 시에 차운하여 지어 주었다

한강 가에서 고봉 기대승이 지은 시에 차운하여 퇴계 선생이 가시는 길에 바치다[1] 기사년(1569)
江上次奇高峯大升韻伏呈退溪先生行史二首己巳

신선께서 타신 일엽편주 강 거슬러 뜨니
바람이 가는 돛배를 쉬지 않고 보내누나.
나아가고 물러남은 본디 정해진 것이니
가는 길에 부질없이 시름 짓지 마소서.

仙舟一葉遡江流。風送歸帆不暫留。
進退行違元筭定、臨歧莫用枉生愁。

말세에도 벼슬길에서 물러나는 이 없으니
명리 굴레 벗어난 이 몇 명이나 되리오.
마음 편하게 떠나시니 남은 미련 없으나
서울 떠나는 시름 하나만은 오히려 걸리셨네.

末路無人退急流。名韁挽得幾人留。
此行綽綽無餘憾、一念猶關去國愁。

---

1 퇴계가 1569년 3월에 물러나기를 빌어서 고향으로 돌아가게 되자, 동호(東
湖)에서 전송하며 지은 시이다.

퇴계 선생의 시에 공경히 차운하다
敬次退溪先生韻

바람 맑고 달빛 희어 담박하게 잠 들지 못하니
그 자리서 몸 바뀌어 참으로 신선 되셨네.
장막 안에 밤이 깊어 사람들 고요해지자
일반의 그윽한 뜻이 울며 흐르는 시내에 있네.

風淸月白淡無眠。立地眞成換骨仙。
虛幌夜深人復靜、一般幽意在鳴川。

동쪽 서쪽 흐름이 달라 본원을 잃었으니
어지러운 말세에는 학문 모두 참이 아닐세.
주자께서 연평노인[1] 만나지 못했다면
몸과 마음 가져다가 찰진[2]을 받들었으리.

派別東西失本源。紛紛末路學非眞。
紫陽不遇延平老、幾把身心奉利塵。

---

1 송나라의 학자 이동(李侗)의 호이다. 여산(廬山) 아래에 은거하여 세상과 담
   을 쌓고 스스로를 즐겼는데, 주희가 그에게 가서 제자례(弟子禮)를 올렸다.
2 국토가 무수하게 많아 티끌 같은데, 그 티끌 속에는 또다시 무수하게 많은
   국토가 있다는 뜻의 불가어(佛家語)이다.

퇴계 선생의 시에 공경히 차운하다

2수는 원집元集에 들어 있다. 기사년(1569)

敬次退溪先生韻 二首入元集○己巳

학문 공부는 하락[1] 연원을 거슬러 올라가셨고
주고받음 분명하여 도의 요체 천명하셨네.
묘한 비결 천 년 뒤에 터득한 분 누구시던가
책 만지며 부질없이 티끌 속 거울 묻힘만 탄식하누나.

學窮河洛遡淵源。授受分明闡道眞。
妙訣千秋誰領得、撫書空歎鏡埋塵。

---

1   하도(河圖)와 낙서(洛書)를 가리킨다. 하도는 복희씨(伏羲氏) 때 황하에서 용
    마(龍馬)가 등에 지고 나왔다고 하는 그림으로 『주역(周易)』 팔괘(八卦)의
    근원이 되었고, 낙서는 하우씨(夏禹氏)가 치수(治水)할 때 낙수(洛水)에서 나
    온 신귀(神龜)의 등에 있었다고 하는 글로서 『서경』 홍범구주(洪範九疇)의
    근원이 되었다.

연적봉硯滴峯에 오르다
登硯滴峯

문방사우 가운데 첫 번째 이름의 산
하늘 솟은 두 봉우리가 서로 좇는 형국일세.
그림자는 거사[1] 못의 먹물에 닿아 있고
꼭대기엔 유선[2]이 학 탄 자취 이고 있네.
줄지어서 나는 기러기 서법이 치밀하고
이는 구름은 전자(篆字) 되어 붓 꽃이 짙구나.
오로봉[3]에 먹 찍으니 마음 얼마나 장엄한가
어느 날에 시단(詩壇)에서 그대를 만나려나.

名標文房第一峯。雙抽碧落勢相從。
影摩居士池中墨、頂戴儒仙鶴背蹤。
陣鴈聯行書法密、崩雲成篆筆華濃。
揚瀾五老心何壯、何日騷壇與子逢。

———

1 신라의 명필(名筆) 김생(金生)이 이곳에서 글씨 공부를 하였다고 한다.
2 신라의 시인 최치원(崔致遠)이 이곳에서 도를 닦았다고 한다.
3 강서성(江西省) 여산(廬山)에 있는 산 이름으로, 주돈이(周敦頤)가 이곳에 집
   을 짓고 살았으며, 동남쪽에는 주희(朱熹)가 강학(講學)하던 백록동서원(白
   鹿洞書院)이 있다. 이백이 "오로봉 봉우리를 붓으로 삼고, 삼상이라 강물을
   벼루 못 삼아, 맑고 푸른 저 하늘 한 장 종이에, 내 배 속 들어 있는 시를
   써 볼까.[五老峯爲筆 三湘作硯池 靑天一張紙 寫我腹中詩]"라는 시를 지었다고
   하는데, 『이태백문집(李太白文集)』에는 없다.

퇴계 선생 만사 신미년(1571)
退溪先生挽詞辛未

1.

우리 유림을 하늘이 보호하시어
빼난 기운 모아서 진유를 내셨습니다.
그 통서는 민·락[1]을 전해 받았고
그 연원은 사·수[2]를 접하셨습니다.
진퇴에는 시대 의리가 크게 걸렸고
헌체[3]에는 조정 계책이 얽히었으니,
교화의 비 내려서 동해를 적셔
인륜이 그 덕분에 밝아졌습니다.

斯文天未喪、間氣鍾眞儒。
統緖傳閩洛、淵源接泗洙。
卷舒時義大、獻替廟謨紆。
敎雨添東海、民彝賴不渝。

---

1 송나라의 학자 정명도(程明道)와 정이천(程伊川)은 낙양(洛陽) 사람이고 주희는 지금의 복건성(福建省)인 민(閩) 땅 사람이므로 이렇게 칭하였다.

2 공자가 사수(泗水)와 수수(洙水) 사이에서 제자들을 가르쳤으므로, 공자(孔子)와 그의 제자들을 사수(泗洙)라고도 칭하였다.

3 헌체(獻替)는 시행할 만한 것은 진언하고 시행하지 못할 것은 폐기해 버린다는 뜻으로, 국사에 대해 논의하는 것을 가리킨다.

2.

태산 교악 갑작스레 무너졌으니
유림에선 우러를 바를 잃었습니다.
천시가 꽉 막힌 데 관계되었는지요
세상 도가 무너질 때 되어선지요.
어이 저만 위해서 통곡하겠습니까
끝내는 나라 위한 슬픔이 깊습니다.
낙동강 물 쉬지 않고 흘러가건만
그 원류를 누가 다시 궁구하겠습니까.

喬嶽崩何遽、儒林失所宗。
天時關否泰、世道屬汙隆。
豈止私吾哭、終深爲國恫。
洛江流不舍、源派更誰窮。

절우사節友社의 매화가 모두 말라 죽었기에 느낌이 있어서 짓다
節友社梅花盡枯感而有作

내 일찍이 하남의 옥색[1] 같은 분과 짝이 되어
저녁[2] 바람 조각달 그와 같이 친했었지.
유선 한번 떠나가시자 꽃은 주인 잃고서
부질없이 절개 지켜 몇 년 봄을 보냈는가.

曾伴河南玉色人。晚風殘月澹相親。
儒仙一去花無主、空守貞心數載春。

꽃다운 마음 적막하니 누굴 위해 피었는가
세상 사람 모두 다 부귀화[3]를 사랑하네.
그대의 혼이 동풍을 쫓아가서
다시금 유선 짝해 옥루에 기대임만 못하리라.

芳心寂寞爲誰開。世愛都歸富貴栽。
不如魂逐東風去、重伴儒仙倚玉臺。

----

1 하남 출신의 정호(程顥)를 가리킨다. 주희(朱熹)가 「정명도찬(程明道贊)」에
   서 "양기로 만물을 다습게 하듯 하고 산처럼 우뚝 섰으며, 옥빛처럼 아름답
   고 종소리처럼 쟁쟁했다.[揚休山立 玉色金聲]"라고 하였다.

도산서원 절우사

---

2 초본(草本)에는 '효(曉)'로 되어 있다. (원주)

3 송나라 주돈이(周敦頤)의 「애련설(愛蓮說)」에, "국화는 꽃 가운데 은일(隱逸)
   이고, 모란은 꽃 가운데 부귀한 자이다." 하였다.

도산에 오동나무와 대나무가 뜰에 가득한데
달빛을 받으며 배회하노라니 감격스런 눈물이
줄줄 흐르다
陶山梧竹滿庭乘月徘徊感淚湑然

유정문¹은 저녁 구름 가에 닫혀 있고
아무도 없는 뜨락에는 달빛만 가득하구나.
천 길을 날아오르던 봉황은 어디로 가고
벽오동과 푸른 대만 해마다 절로 자라네.

幽貞門掩暮雲邊。庭畔無人月滿天。
千仞鳳凰何處去、碧梧靑竹自年年。

◇　퇴계 사후 4년째인 1575년에 일시 체직되어 학문에 전념하다가 7월에 도산
　　서원에 가서 하룻밤 묵으며 지은 시이다.
1　지금 도산서원 경내 도산서당의 출입문이다.

초천

椒泉 二首

천옹과 부온[1]은 살리는 게 덕이니
묘한 이치 그 모두가 은택 주는 어짊일세.
바위 아래 몇 종지의 샘물 퐁퐁 솟아나니
예로부터 지금까지 몇 명이나 살려 냈나.

天翁富媼生爲德、神用無非澤物仁。
巖下數鍾泉觺沸、古今存活幾多人。

샘에 가자 살갗에 이미 소름이 돋아
병든 나그네 아침 되자 손을 호호 부는구나.
이번 길에 탕반[2]의 물로 만들리니
신묘한 공이 병만 낫게 하는 것 아니라네.

臨泉已覺膚生粟、病客朝來手自呵。
此行擬作湯盤水、不獨神功在滌痾。

————

1 지신(地神)을 말한다. 『한서(漢書)』 권22 「예악지(禮樂志)」에 "후토(后土)의
  부온(富媼)이 삼광(三光)을 밝힌다." 하였는데, 그 주에 "온(媼)은 노모(老母)
  를 칭하는 말이다. 땅이 어머니가 되므로 온이라 한다." 하였다.
2 탕왕(湯王)이 목욕하는 그릇[盤]에 "참으로 날로 새롭게 하고 날로 새롭게
  하며, 또다시 날로 새롭게 한다.[苟日新 日日新 又日新]"는 명(銘)을 새겨 스
  스로를 경계하였다.

인백 김효원이 부령부사로 좌천되었다는 말을 듣고는 느낌이 있어서 읊다
聞金仁伯孝元謫官富寧有感

그대 변방으로 나갔다 하니 내 무슨 말을 하랴
적막한 남쪽에서 홀로 문을 닫았다오.
세도의 높고 낮음을 여기에서 볼 수 있으니
눈앞의 영욕을 부디 논하지 마시게.
추생이 영해에서 언제 죽었던가[1]
소자가 경주와 뇌주에 간 것도 임금 은혜 받은 걸세.[2]
옛부터 곧은 신하 부복[3]이 많았으니
장사에 간 건 임금 밝지 않아서가 아니라네.

聞君出塞更何言。寂寞天南獨掩門。
世道汚隆從可見、眼前榮辱不須論。
鄒生嶺海何曾死、蘇子瓊雷亦荷恩。
從古直臣多賦鵬、長沙非是乏明君。

◇ 인백은 김효원(金孝元, 1542~1590)의 자로, 이황의 제자이다. 1565년 알성
　문과에 장원으로 급제하여 벼슬길에 올랐는데, 남부 건천동에 살며 한 동네
　에 살던 허엽·노수신·유성룡·허봉 등과 친하게 지냈다. 훈구파가 몰락하고
　사림파가 진출할 때에 소장파 관원들의 대표적인 인물이었다. 심의겸의 반
　대를 무릅쓰고 이조정랑이 되었으나 다음해 심충겸이 이조전랑에 천거되자
　외척임을 들어 적극 반대하였다. 이를 계기로 김효원은 신세력을 중심으로
　한 동인의 영수가 되고, 심의겸은 구세력을 중심으로 한 서인의 영수가 되었
　다. 동서 당쟁이 심해지자 노수신과 이이가 조정책을 내어 1575년 10월 24일
　에 김효원은 부령부사로, 심의겸은 개성유수로 좌천시켰다.

김효원이 학봉에게 보낸 시

---

1 전국시대 연(燕)나라 혜왕(惠王)이 참소하는 말을 믿고서 제(齊)나라의 음양
   가 추연(鄒衍)을 옥에 가두었는데, 여름인데도 서리가 내리고 오곡(五穀)이
   익지 않았다고 한다.

2 송나라 신종(神宗) 때 소식(蘇軾)이 왕안석(王安石)의 신법을 비판하는 상소
   를 올렸다가 그의 뜻을 거슬러서 경주로 쫓겨났었는데, 소식의 「기자유시
   (寄子由詩)」에, "경주와 뇌주가 구름 바다에 막힌 것을 꺼리지 말라, 성은으
   로 그래도 멀리 서로 보는 것을 허락했다네.[莫嫌瓊雷隔雲海 聖恩尙許遙相
   望]" 하였다.

3 「복조부(鵩鳥賦)」를 가리킨다. 한나라 때 가의(賈誼)가 장사왕(長沙王)의 태
   부(太傅)가 된 지 3년 만에 올빼미[鵩]가 날아와서 가의의 곁에 앉았는데,
   올빼미는 불길한 조짐의 새였다. 그러자 가의가 자신이 오래 살지 못할 것이
   라고 여겨 슬퍼하면서 「복조부」를 지은 이야기가 『사기』 권84 「가생열전(賈
   生列傳)」에 실려 있다.

호당삭제 湖堂朔製

◇ 『학봉집』에 실린 시 제목 뒤에 "이하 호당삭제(以下湖堂朔製)"라는 소주가 두 군데 보인다. "이 시부터 아래는 독서당(讀書堂) 삭제(朔製) 때에 지은 글이다."라는 뜻이다. 이 뒤에도 북정록(北征錄), 해서록(海西錄), 금성록(錦城錄), 해사록(海槎錄) 등의 시고(詩稿)를 구분하여 표기하였으니, 벼슬이 바뀌거나 외국에 사신으로 갈 때에 지은 시들을 모아서 편집했던 흔적이다. 그러나 1851년에 목판본을 간행하면서 이런 제목들을 모두 삭제하여 시를 지은 배경이나 앞뒤 흐름을 이해하기 어렵게 되었다. 이번 번역본에서는 가능하면 원본의 체재를 복원하고, 창작 시기순으로 편집해 보았다.

학봉은 31세 되던 1568년 6월 문과에 급제하여 가을에 승문원(承文院) 권지 부정자(權知副正字; 종9품)로 벼슬길에 나섰다. 이듬해 봄에 정자(正字; 정9품)가 되어 본격적인 관원 생활을 시작하였지만, 문집에서 시고(詩稿)에 제목을 붙인 것은 호당삭제(湖堂朔製)가 처음이다.

39세 되던 1576년 여름에 사가독서(賜暇讀書)하였으니, 「호당삭제(湖堂朔製)」는 이때 지은 글들을 모은 것으로, 학봉 종가에 소장된 『호당삭제(湖堂朔製)』에는 이하(二下), 삼상(三上) 등의 성적도 실려 있다. 그러나 『선조문충공유묵(先祖文忠公遺墨)』이라는 이 친필본에는 사가독서 직후 명나라에 사신으로 가면서 지은 시들도 일부 덧붙어 있다.

단오절에 선온宣醞을 받고 느낌이 있어서
端午日宣醞有感

일천년 운수가 마침 황하 맑을 때[1]라서
성상의 깊은 은혜가 녹명[2]에 화합하네.
누가 알랴 굴원이 멱라수에 빠진 날[3]에
사신이 일 없어서 선온[4] 술에 취할 줄이야.

一千年運屬河淸。聖主深恩叶鹿鳴。
誰識屈原沈汨日、詞臣無事醉霞觥。

◇ 이 앞에 실린 「무제(無題)」에 "병자년(1576). 이하는 『호당삭제(湖堂朔製)』
   이다."라는 소주가 있다.
1 삼국시대 위(魏)나라 이강(李康)의 「운명론(運命論)」에 "황하가 맑아지면 성
   인이 출현한다.[夫黃河淸而聖人生]"라는 말이 나온다. 그 주에 "황하는 천
   년에 한 번 맑아지는데, 맑아지면 성인이 이때에 나온다고 세상에 전한다.
   [世傳黃河千年一淸 淸則聖人生於此時也]"라고 하였다.
2 『시경(詩經)』의 편명으로, 천자가 신하와 귀빈에게 연회를 베푸는 것을 노래
   한 시이다. 「녹명(鹿鳴)」 첫 장에, "우우 우는 사슴이 들 부들을 뜯어먹네.
   나에게 귀빈이 있어서 비파를 타고 생황을 부네.[呦呦鹿鳴 食野之萍 我有嘉
   賓 鼓瑟吹笙]"라고 하였다.
3 초나라 충신 굴원(屈原)이 단오날에 멱라수에 빠져 죽었다고 한다.
4 임금이 신하에게 술을 내려 주던 일, 또는 그 술을 말하는데, 사온서(司醞署)
   에서 만들었다.

호당湖堂의 옛 대나무가 말라 죽었는데 곁에 새 죽순이 자라나 몹시 사랑스럽기에 읊다

병자년(1576). 이하는 『호당삭제湖堂朔製』이다

湖堂舊竹枯死傍有新筍可愛

뜨락[1] 가득 울긋불긋 꽃들이 향기 다투니

섬돌 앞에 홀로 선 그대를 누가 알아주랴.

초나라의 대부가 못가에서 읊던 날[2]

서산의 두 사람이 고사리를 캐던 그때,[3]

가지 이미 꺾였으나 마음 굽히긴 어려웠고

옥골 비록 부숴졌으나 절개 바꾸지 않았네.

죽순이[4] 땅속에서 자라나

곧은 맹세 다시금 세한(歲寒)[5]과 기약함을 보라.

滿院紅綠競芳菲。獨立階前孰汝知。

楚國大夫吟澤日、西山二子採薇時。

風枝已倒心難屈、玉骨雖摧節不移。

看取欛龍生地底、貞盟重與歲寒期。

---

1 (院자가) 수본(手本)에는 '원(園)'으로 되어 있다. (원주)
2 초나라의 대부는 굴원(屈原)을 가리킨다. 굴원이 초택(楚澤)으로 유배당하여 못가를 거닐면서 시를 읊었다.

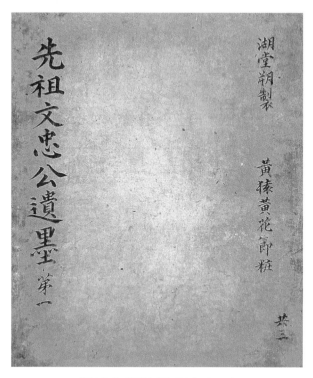

학봉이 쓴 친필본 『호당삭제』의 표지.
표제는 나중에 후손이 쓴 것이다.

---

3 서산의 두 사람은 백이(伯夷)와 숙제(叔齊)를 가리킨다. 이들이 주나라 무왕
　　(武王)이 주(紂)를 정벌하는 것을 반대해서 간하다가 듣지 않자, 수양산(首陽
　　山)으로 들어가 고사리를 캐 먹으면서 지내다가 굶어 죽은 고사가 『사기』
　　권61 「백이열전(伯夷列傳)」에 실려 있다.

4 탁룡(籜龍)은 죽순(죽순)의 별칭이다. 죽순은 껍질이 알록달록하기 때문에
　　탁룡(籜龍), 또는 용손(龍孫) 등으로 불린다.

5 『논어』 「자한(子罕)」에, "날이 추워진 다음에야 소나무와 잣나무가 늦게 시
　　든다는 것을 안다[歲寒然後知松柏之後凋也]" 하였다.

이안도李安道 봉원逢原이 과거 시험에 낙방하여 남쪽으로 돌아가는 것을 전송하다
送李逢原安道下第南歸

십년 동안 남은 힘 다해 과거 시험 공부를 했고
가정에서 시와 예법 배워 견문도 많으셨지.
한나라 조정에서는 동상 맞기를 기다렸는데[1]
당나라 궁궐에서는 유분 쫓겨남을 의아하게 여겼네.[2]
강호에 물 얕아지면 어룡은 숨는 법
관령에 가을 깊어지면 눈비가 휘날리지.
즐거이 고향 가서 하던 공부 다시 하시고
궁달로 마음에 누를 끼치지 마시게.

十年餘力學爲文。詩禮庭中富異聞。
漢廷佇看迎董相、唐闈還訝黜劉賁。
江湖水落龍蛇蟄、關嶺秋深雨雪紛。
好向故山尋舊業、莫將窮達累天君。

◇　독서당 시월삭제에서 삼상(三上)을 받은 작품이다.
1　동상(董相)은 동중서(董仲舒)를 가리킨다. 무제가 즉위하여 현량(賢良)과 문학(文學)의 선비를 많이 등용하였는데, 동중서는 현량으로 뽑혔다. 동중서는 '하늘과 사람은 서로 감응한다'는 요지로 대책을 올리면서 '육예(六藝)의 과(科)와 공자(孔子)의 학술을 배우지 않은 자는 등용하지 말'고 건의하였다. 그러자 무제가 동중서를 강도상(江都相)으로 삼았다. ―『한서』 권56 「동중서전」

十年餘力學為文詩禮庭中富異聞漢殿行

肯迎董相唐閨還訝黯劉黃江湖水落龍蛇

蟄關嶺秋深雨雪紛好向故山尋舊業莫將

窮達景天君　　二上

友是退溪李滉之孫故及之

○眼中聲利謾營營得失何須管此情壯志自

非題柱客高車休棄繡生龍門誰續瑤琴

韻洛水空留霽月明衣鉢至今無付托送君

千里淚縱橫　　二中

○聞鴈二首

紫塞霜華重空山落木辰數聲何處鴈半

夜獨聽人嶺外音書斷塵中白髮新思親歸

不得南溟只傷神　　三下

학봉 친필본 『호당삭제』에는 2수가 실렸는데, 삼중(三中)의 성적을 받은 시 끝에 "친구가 퇴계 이황의 손자이므로 이렇게 말하였다."는 설명이 작은 글씨로 덧붙어 있다.

---

2 유분(劉蕡)이 문종(文宗) 태화(太和) 2년(828)에 현량으로 천거되어, 대책(對策)에서 환관들의 폐단에 대해 극언하며 종사(宗社)의 위급함을 호소하였다. 고관(考官)들이 '한나라의 조조(鼂錯)나 동중서(董仲舒)도 여기에 미치지 못할 것'이라고 탄복하였으나, 환관들이 정권을 잡고 있었으므로 감히 뽑지 못하고 낙방시켰다. 그러자 같이 대책에 응하였던 이태(李郃)가 "유분이 낙방하고 우리가 급제하였으니, 어찌 낮두껍지 않은가." 하였다. -『신당서(新唐書)』 권178 「유분열전」

무제

無題

맑은 조정에선 쓸모 없는 일개 못난 신하가
십 년 동안 서울에서 벼슬하느라 애썼네.
거울 속엔 서리 내려 귀밑머리 하얀데
칼집 속의 용천검 기운이 두우성을 자주 쏘네.[1]
붉은 마음 애타기는[2] 처음과 같은데
인사는 어지러워서 그 옛날과 다르구나.
탄핵장을 쓰려다가 혀를 도로 묶어 두니
이 내 삶이 임금 은혜를 저버린 게 부끄러워라.

淸朝無用一微臣。十載勞勞紫陌塵。
鏡裏秋霜生鬢早、匣中龍劍射牛頻。
丹心耿耿如初日、人事紛紛異昔辰。
欲草彈章還結舌、此生深愧負鴻恩。

---

1 진(晉)나라 때 오(吳) 땅에 붉은 기운이 하늘의 우수(牛宿)와 두수(斗宿) 사이
   로 뻗치는 것을 보고 장화(張華)가 그곳을 파서 용천검(龍泉劍)을 얻었다.

2 송옥(宋玉)의 「대언부(大言賦)」에 "모난 대지를 수레로 삼고, 둥근 하늘을
   덮개로 삼고서, 섬광(閃光)을 발하는 장검을 짚고 하늘 밖에 기대 선다.[方地
   爲車 圓天爲蓋 長劍耿耿倚天外]"라고 하였다. —『고문원(古文苑)』 권2

소리가 있는 그림

有聲畵

용면[1]이 사물 잘 그렸다지만 나는 한스러우니

형체야 그렸지만 소리는 그리지 못했네.

붓끝으로 고생하며 울긋불긋 색칠하건만

아이들 장난같이 어설퍼 평할 것도 못 되니,

어찌 시인이 아름다운 붓끝으로

천기를 그려내어 소리 크게 울리는 것 같겠나.

가슴속에 스스로 한 천지가 있으니

정신은 조물주와 더불어 정수가 통한다네.

풍운 같은 생각은 드넓기가 한이 없고

산해와 같은 흉금은 우뚝하게 드높네.

가슴속에 감추어진 오성[2]이 있어서

밖으로 드러나면 칠정[3]이 갖춰지네.

◇ 소동파(蘇東坡)가 당나라의 시인이자 화가인 왕유(王維)의 시와 그림을 두고
평하기를 "시 가운데 그림이 있고, 그림 가운데 시가 있다.[詩中有畵畵中有
詩]" 하였다. 과체시에서는 제목 가운데 한 글자를 운으로 사용했는데, 이
시에서는 성(聲)자가 운이다.

1 용면(龍眠)은 송나라 때의 유명한 화가 이공린(李公麟)의 별호이다. 이공린
이 치사(致仕)한 뒤에 용면산으로 들어가 은거하면서 용면거사라고 자호하
였다.

2 사람이 가지고 있는 다섯 가지의 성정(性情)으로, 즐거움(喜)·노여움(怒)·
욕망(欲)·두려움(懼)·걱정(憂)을 말한다.

3 사람이 가지고 있는 일곱 가지의 감정으로, 즐거움(喜)·노여움(怒)·슬픔

가슴속에 가득 찬 걸 그리려고 할 때에
타는 듯한 그 마음을 어떻게 경영하나.[4]
정신을 응집하면 묘함을 헤아릴 수 없으니
팔극의 경위[5]로 생각이 마구 뻗쳐가네.
긴 붓 한번 휘두르자 온갖 만상 생겨나고
모든 사물을 포용하여 마음 먹은대로 다 그려내네.
흐드러진 봄꽃은 비단 수처럼 펼쳐지고
격렬하게 쏟아지는 폭포에 옥구슬이 흐르네.
거센 바람 소낙비가 삽시간에 일어나고
시내[6] 구름 달 이슬이 잠깐 사이에 이뤄지니,
오묘함이 솔숲에 들어 소슬한 소리 내고
생각은 봄새 따라 정겨웁게 우는구나.
천지를 다 포용하여 긴 소리로 읊조리고
산천을 꾸미어서 광채를 내게 하니,
터럭 끝에서 가없이 큰 것까지 모두 그려
조화 솜씨가 붓끝에 들어 묵병이 내달리네.
시 만 편을 읊조리고 나자 오음[7]이 갖춰지고

　(哀)·기쁨(樂)·사랑(愛)·미움(惡)·욕심(欲)을 말한다.

4 그림 그리는 육법(六法)이 기운생동(氣韻生動), 골법용필(骨法用筆), 응물사
　　형(應物寫形), 수류전채(隨類傳彩), 경영위치(經營位置), 전모이사(傳模移寫)
　　등이니, 의장경영(意匠經營)은 자기가 생각하는 것을 그림 속에 표현하려고
　　애쓰는 것이다.

5 팔극은 팔방(八方)의 아주 먼 곳으로 천하의 끝을 가리키고, 경위는 우주의
　　경도(經度)와 위도(緯度)를 가리킨다.

6 (溪자가) 어떤 데에는 '연(煙)'으로 되어 있다. (원주)

육률8에 소리 맞아 조화롭고도 평안하네.

큰 소리는 장중하여 화려한 종 울리는 것 같고9

처량한 음은 쓸쓸하여 쇠 울리는 소리를 내네.

갖가지 사물 모습이 모두 소리를 품었으니

용이 울고 봉새 울어 귀신조차 놀라누나.

그림 속의 오묘함이 어느 게 이 같으랴

만고의 남은 소리가 팔굉10에 머무르네.

그렇지만 시를 쓰려면 바른 소리가 귀하니

번잡스런 말로 어찌 시단(詩壇)을 시끄럽게 하랴.

주시(周詩) 가운데 풍과 아11가 몹시도 아려하니

사물 실정 묘사하여 문명을 밝혔도다.

관현에 실어 교화가 먼 곳까지 미쳤으니

화창한 그 성정은 이름하기 어렵구나.

후대에 와서 아로새기며 읊어댐을 탄식하다가

시사에서 기쁘게도 맑은 음조 얻었구나.

천 년 뒤에 돌아와 묘한 솜씨 있었으니

7　음률의 기본이 되는 궁(宮)·상(商)·각(角)·치(徵)·우(羽)의 다섯 음이다.

8　악률(樂律)의 표준이 되는 십이율(十二律) 가운데 양성(陽聲)에 속하는 여섯 가지 음으로, 황종(黃鍾)·대주(大簇)·고선(姑洗)·유빈(蕤賓)·이칙(夷則)·무역(無射)을 말한다.

9　(呂자가) 어떤 데에는 '가(加)'로 되어 있다. (원주)

10　팔방(八方)의 아주 먼 곳을 가리킨다. 『회남자(淮南子)』에 구주(九州)의 바깥에 팔인(八殥)이 있고, 팔인의 바깥에 팔굉이 있다고 하였다.

11　주시는 『시경(詩經)』이며, 풍은 국풍(國風), 아는 소아(小雅)와 대아(大雅)를 말한다.

송인[12]들의 시 짓는 법을 다툴 사람이 없네.
방화수류(傍花隨柳)[13] 시구는 하늘의 이치 그려내고
제월광풍(霽月光風)[14] 구절에선 기이함이 생겨나,
그 소리로 하여금 크고 멀게 하였는데
후대에 끊긴 운격(韻格)을 이어받을 이가 적구나.
내가 시를 좋아함이 일찍부터 병이 되어
차츰 정신이 서로 동화됨을 깨달았네.
결국 시를 대해 성정을 기르고자
고인을 높이 좇아서 함께하길 기약하노라.

我恨龍眠工畫物、模形未能模其聲。
毛錐謾勞塡靑紅、草草兒戲無足評。
豈如詩人彩筆下、幻出天機聲大鳴。
胸中自有一天地、神與化工通其精。
風雲意思浩無邊、山海襟度高崢嶸。
藏中爲體有五性、發外爲費具七情。
想當磅礴欲畫時、怳怳意匠何經營。
凝神會精妙莫測、經緯八極思縱橫。

---

12 (人자가) 어떤 데에는 '유(儒)'로 되어 있다. (원주)
   이 글자로 직역하면, "송인들의 시 짓는 법"이 "송나라 유학자들의 시 짓는
   법"이 된다.
13 봄날에 우거진 꽃과 버들을 따라 노니는 정경을 표현한 말로, 정이(程頤)의
   시 「춘일우성(春日偶成)」에, "구름 엷고 바람 약한 한낮 즈음에, 꽃과 버들
   따라가다 앞 시내를 건너누나.[雲淡風輕近午天 傍花隨柳過前川]"하였다.
14 비 갠 뒤의 바람과 달이란 뜻으로, 사람의 도량이 넓고 시원스러움을 표현하
   는 말이다. 『송사(宋史)』「도학열전(道學列傳) 주돈이(周敦頤)」에, "인품이
   아주 높고 흥회가 쇄락하여 비 갠 뒤의 달과 바람 같았다."하였다.

長杠一揮萬象生、大包物物隨意形。
春花爛曼鋪錦繡、飛泉激涌流琮琤。
飄風驟雨起頃刻、溪雲月露須臾成。
妙入松林響蕭蕭、思隨春鳥鳴嚶嚶。
天地牢籠入長吟、山川賁飾生光榮。
小入秋毫大無外、造化入筆驅墨兵。
萬篇吟罷五音俱、聲協六律和而平。
洪韻端如發華鍾、淒音廖亮金錚錚。
形形物物摠含聲、龍吼鳳叫神鬼驚。
畫中之妙孰如此、萬古餘聲留八紘。
雖然聲畫貴正音、繁吹豈但喧詩城。
周詩風雅最雅麗、模寫物情昭文明。
被之管絃聲教遠、和暢性情吁難名。
雕蟲後代嘆蟬噪、詩史喜得音調清。
歸來千載有妙手、宋人筆法無人爭。
傍花隨柳寫天理、霽月光風奇態生。
能使其聲大而遠、後世絕韻人難賡。
吾人愛畫早成癖、漸覺精神相與幷。
終期對此養性情、高追古人同其程。

어미가 자식과 헤어지다
母別子

어미는 자식과 헤어지고 자식은 어미와 헤어져
어미는 남으로 향하고 자식은 북으로 가네.[1]
길가에서 머뭇거리며 차마 두고 못 떠나
오열하고 서로 보며 눈물 줄줄 흘리네.
"너희 모자 한 몸에서 갈리어
골육간의 은혜와 정이 하늘처럼 끝이 없는데
지금 어쩌다 남남처럼 버려서
모자간에 맺어진 천륜을 스스로 해치는가?"
"저흰 본디 농사짓는 사람으로
저는 길쌈하고 남편은 밭을 갈았습니다.
해마다 때 놓치지 않고 밭을 갈고 길쌈하면
여덟 식구가 그런대로 먹고 살 수 있었습니다.
지난해 여름에 가물어 가울에 비가 안 오더니
올해에는 온 들판이 붉게 타는 듯,
논밭에 먼지 일어 씨 뿌리지 못했으니
땅이 있은들 무슨 수로 농사를 짓겠습니까.

---

1 동지에는 남교(南郊)에서 하늘에 제사하고 하지에는 북교(北郊)에서 땅에
   제사한다. 하늘은 남쪽이고 땅은 북쪽이어서 천남(天南) 지북(地北)으로 표
   현하였다.

세밑의 추위 속에 바람벽만 썰렁하니

온 식구들 굶주림이 더욱 다급해졌습니다.

관가의 부역은 그런데도 더 많아져

수령의 호령 소리가 성화같이 급했습니다.

아전들은 연대 보증을 세워 관가 세금 독촉하며

마구 매질하면서 앞다투어 걷어갔답니다.

눈앞에 난 종기[2]가 아직 낫지도 않았는데

고조 증조 묵은 포흠을 잇달아 독촉했습니다.

유사들은 관가 경비가 모자랄까 걱정하여

기한 내에 갚으라고 거듭 귀찮게 굴었습니다.

세금 많이 걷어야만 능력 있는 아전이고

세금 독촉 못하면 반드시 견책 당했으니,

임금님께선 애통하단 조서를 내리셨다지만

기댈 데 없는[3] 우리 백성들은 그 은덕을 못 받았답니다.

이 때문에 먹고 살 길 나날이 막막해져

마을 사람들 여럿이 흩어져 떠났습니다.

이월에야 고치실이라도 다 팔아먹었지만[4]

———

2 당나라 섭이중(聶夷中)의 「상전가(傷田家)」 시에, "눈앞에 난 종기가 아물자
   마자 심장과 머리 살을 도려내었네.[醫得眼前瘡 剜却心頭肉]" 하였다. 눈앞의
   위급한 상황을 말한다.

3 송나라 장재(張載)의 『서명(西銘)』에 "온 천하의 쇠잔하고 병든 자, 고아와
   독거노인과 홀아비와 과부가 모두 곤궁하여 하소연할 곳 없는 나의 형제들
   이다.[凡天下疲癃殘疾 惸獨鰥寡 皆吾兄弟之顚連而無告者也]"라고 하였다. 전
   련(顚連)은 가난하고 의지할 곳 없는 상태를 뜻한다.

4 음력 2월은 누에를 치기 시작하는 때이니, 고치실을 뽑기도 전에 그것을
   담보로 돈을 미리 빌려 썼다는 뜻이다.

이제는 무엇으로 햇곡식 팔아[5] 먹겠습니까.

논밭은 모두 부잣집 차지가 되어버려

사방을 둘러봐도 서까래만 덩그러니 남았답니다.

남편은 지난달에 병 앓다가 죽었고

어린 자식은 오늘 아침 구렁에 버렸지만,

구사일생 살아남은 우리 두 모자도

실낱 같은 목숨 언제 죽을지 모른답니다.

길러 주고 봉양하긴 이제 다 글렀기에

제각기 흩어져서 살 길[6] 찾아 나섰답니다.

동서로 떠돌면서 제각기 입에 풀칠이나 하여

다만 하루라도 연명하길 바랄 뿐이랍니다.

망망한 천지간에 외로운 한 몸

죽건 살건 이제부턴 소식 알 길 없겠지요."

말도 끝나기 전에 제 갈 길로 떠나는데

걸음걸음 돌아보며 울음을 삼키네.

아아! 나도 시골에서 자라며

서민들의 기쁨 슬픔을 많이 보아 왔건만,

---

5 원문 두주에, "적(糴)은 아마도 조(糶)의 잘못인 듯하다." 하였다. 섭이중(聶
夷中)의 「상전가(傷田家)」에 "이월에 새 고치실을 미리 팔고, 오월이면 햇곡
식 미리 팔아 세금 바치네. 우선 눈앞의 상처는 고치지만, 도리어 심장의 살을
도려내누나.[二月賣新絲 五月糶新穀 醫得眼前瘡 剜却心頭肉]"라고 하였다.

6 『시경』「석서(碩鼠)」에 "큰 쥐야, 큰 쥐야. 내 기장을 먹지 말라. 3년 동안
너와 알고 지냈지만 나를 즐겨 돌아보지 않았으니, 이제 떠나서 장차 너를
버리고 저 낙토로 가리라. 낙토여, 낙토여. 내 살 곳을 얻으리로다.[碩鼠碩鼠
無食我黍 三歲貫女 莫我肯顧 逝將去女 適彼樂土 樂土樂土 爰得我所]"라고 하
였다. 낙토를 낙국으로 쓴 것이다.

여러 해 동안 성은 입어 국록을 받다 보니

날 추우면 옷 있었고 배 고프면 밥이 있었네.

눈에 뵈는 처자식의 걱정도 몰랐으니

창생들의 통곡 소리가 어찌 귀에 들렸으랴.

이번 길에 보고서야 비로소 놀라 탄식하고

갈래길에서[7] 눈물 흩뿌리며 마음이 슬퍼지네.

거처가 생활 바꾸는[8] 것이 이처럼 현격하니

하물며 구중 궁궐에서[9] 농민 고통을 어이 알랴.

그 누가 유민도[10]를 다시 그려서

임금 앞에 가져다 바쳐[11] 밝은 촛불 되게 하려는가.

---

7 『시경』「주남(周南) 토저(兎罝)」에 "조심조심 토끼 그물을, 아홉 거리 한길에 치네.[肅肅兎罝 施于中逵]"라고 하였다. 주나라 문왕(文王)의 덕이 온 나라 안에 미치다보니, 토끼를 잡는 천인도 문왕의 덕에 감화되어 조심스럽게 토끼 그물을 친다는 뜻이다. 이 시에서 중규(中逵)는 어머니와 아들이 헤어지는 갈랫길을 가리킨다.

8 맹자가 제나라 왕의 아들을 바라보고는 "거처하는 곳이 기질을 바꾸고, 봉양을 받는 것이 체질을 변화시킨다. 그러니 생활 환경이 얼마나 중요한가.[居移氣 養移體 大哉居乎]"라고 한 이야기가 『맹자』「진심(盡心) 상」에 실려 있다.

9 소동파의 시「여산(驪山)」에 "대궐 문이 하늘처럼 아홉 겹으로 깊은 가운데, 군왕은 상제처럼 법궁에 앉아 계시네.[君門如天深九重 君王如帝坐法宮]"라고 하였다.

10 송나라 신종(神宗) 희령(熙寧) 초에 대기근이 발생하여 수많은 유민(流民)들이 걸식하며 떠돌아다니자, 안상문(安上門)의 감독 책임을 맡은 정협(鄭俠)이 유민들의 비참한 정상을 그림으로 그리게 한 뒤에 "가뭄은 왕안석(王安石)의 신법(新法)이 불러들인 것이니, 왕안석을 제거하면 하늘이 반드시 비를 내려 줄 것이다.[旱由安石所致 去安石 天必雨]"라는 내용으로 주문(奏文)을 올려 시폐(時弊)를 논하였다. 신종이 그 그림을 보고는 밤새 잠을 이루지 못하다가 마침내 정협의 주장대로 왕안석의 신법 18개 조목을 일시 혁파한 일이 『송사(宋史)』 권321「정협열전(鄭俠列傳)」에 실려 있다.

42

母別子子別母、母向天南子地北。

躑躅路側不忍去、嗚咽相看淚橫臆。

問爾母子互爲命、骨肉恩情天罔極。

今胡相棄若路人、天性之倫還自賊。

自言本是佃家戶、女事蠶織男耕植。

耕桑歲歲不失時、八口之家甘食力。

去年夏旱秋不雨、今歲仍逢千里赤。

塵飛南畝種不入、有田何由藝黍稷。

天寒歲暮四壁空、全家饑饉何太迫。

公門賦役尙塡委、縣官號令星火急。

追胥連保索官租、鞭扑狼藉爭掊克。

眼前瘡疣醫未了、高曾逋負來相督。

有司猶懷經費虞、日將期會申戒勅。

深於賦民是能吏、拙於催科必見劾。

聖君雖下哀痛詔、嗟我顚連不見德。

以玆生理日微減、同里幾人遭蕩析。

年來賣盡二月絲、此日於何糴新穀。

田園盡入富民家、四顧惟餘懸磬屋。

良人前月病不興、赤子今朝棄溝壑。

九死餘生有母子、軀命如絲在朝夕。

相生相養知已矣、任爾仳離尋樂國。

東西糊口各自謀、所希只欲延晷刻。

茫茫天地一身單、死生存亡從此隔。

聞言未了忽相分、十步九顧猶掩抑。

嗟余生長田家中、慣看黎民休與戚。

數載蒙恩仰太倉、寒有餘衣飢有食。

---

11 소주에, "수본(手本)에는 (特이) 지(持)로 되어 있다." 하였다. 번역은 친필본
을 따랐다.

43

眼中不解妻子憂、耳邊豈聞蒼生哭。
今行目擊始驚歎、揮淚中逵心惻惻。
一爲居移尙有阻、況乃九重知稼穡。
何人重寫流民圖、特獻丹墀作明燭。

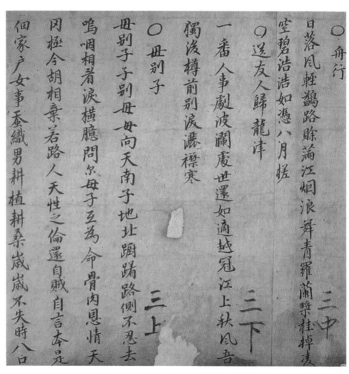

학봉이 『호당삭제』에 쓴 「모별자(母別子)」

이요루二樂樓[1]에서 퇴계 선생의 시에 차운하다
二樂樓次退溪先生韻

긴 시내에 끊임없이 옥 무지개 흐르는데
시냇가에 어느 해에 이 누각을 지었는가.
눈 덮인 길은 가늘게 단조협[2]과 통해 있고
사람들 집은 갈매기 나는 강 가까이 터를 잡았네.
유선 한번 떠나가시자 그 풍모 아득한데
나른한 나그네 다시 오니 땅 더욱 그윽하구나.
난간에 기대어 당시 자취를 찾고 싶건만
무성에 현가 끊겨[3] 시름 이길 수 없네.

長川滾滾玉虹流。川上何年構此樓。
雪逕細通丹竈峽、人家近住白鷗洲。
儒仙一去風何遠、倦客重來地更幽。
憑檻欲尋當日迹、武城絃斷不勝愁。

---

1 단양(丹陽)에 있는 누각 이름이다. 안평대군이 편액을 썼으며, 여러 차례 중건
   하였지만 지금은 없다. 김일손이 지은 「이요루기(二樂樓記)」에 "오직 어진
   자라야 산을 즐길 수 있고, 오직 슬기로운 자라야 물을 즐길 수 있다.[惟仁者然
   後樂山 惟智者然後能樂水]"라고 하였으니, 이요루(二樂樓)라고 읽어야 한다.
2 단조는 단약(丹藥)을 달이는 부엌인데, 단조협이 고유명사는 아닌 듯하다.
   김일손(金馹孫)의 「이요루기(二樂樓記)」에, "이러한 절경(絶境)에 아무런 이
   름이 없음을 애석하게 여겨서 비로소 단구협(丹丘峽)이라 이름하였다."라는
   구절이 먼저 알려지면서 단구협으로 널리 불리었다.

『호당삭제』에 실린 「아소사(我所思)」 원문

3 노(魯)나라의 자유(子游)가 무성(武城)의 수령으로 있으면서 예악(禮樂)으로
가르쳤으므로 고을 사람들이 모두 거문고를 타며 노래하였다. 여기서는 이
황(李滉)이 죽은 것을 말한다.

내 생각이 머무는 곳

我所思 四首

2.

내 생각이 어느 곳에 머물러 있는가
영남의 고향 마을 낙동강 가일세.
아버님의 연세가 어느새 많아졌으니
떠도는 나그네 해 아끼는 정을 어이 금하랴.
낮은 벼슬에 몸 매여 떠나지 못하고
몇 년 동안 그리느라 마음 타는 듯하네.
이곳에 오니 소식 더욱 아득해져서
땅 넓고 하늘 긴데 내 마음만 살같이 달려가네.
비록 공무 때문이라고 내 스스로 위로하건만
생각하면 모르는 새 눈물이 앞을 가리네.
나그네 옷을 어느 날에야 노래자 옷으로 갈아입고
봄 술을 한 잔 올려 삼천년을 축수하나.

我所思兮在何許、嶺南之鄕洛東水。
靈椿光景忽已暮、遊子愛日情何已。
身縻寸祿不能去、望雲幾年心如燬。
此來消息轉茫然、地闊天長弦與矢。
雖將公義且自寬、思之不覺淚盈視。
征衣何日換萊衣、春酒一獻三千禩。

3.

내 생각이 어느 곳에 머물러 있는가

척령의 언덕이요 가시나무 숲일세.

한 몸에서 태어나 수족과도 같아서

앉을 적엔 같이 앉고 갈 때도 함께 갔지.

한 집에서 화락하여 즐겁고 편했으니

어찌 이별하여 시름겨울 줄 알았으랴.

사방 떠돌며 벼슬하느라 홀연히 타향에 가서

비바람 속에 몇 번이나 어릴 적 놀던 생각을 했던가.

이번 걸음 가는 길은 또다시 만릿길이라

외로운 기러기 줄을 잃고 천 산에 구름이 꼈네.

나그네 옷 어느 날에 강공의 이불로 갈아덮고[1]

형제간의 우애 속에 화락하게 지내려나.

我所思兮在何許、鶺鴒之原荊樹林。

生分一體如手足、坐必同席行連襟。

怡怡一堂樂且湛、豈知離別愁人心。

四方遊宦忽異鄉、風雨幾憶聯床吟。

此行行役又萬里、孤鴈失序雲千岑。

征衣何日換姜被、兄弟旣洽歡娛深。

◇ 이어지는 시들은『학봉집』에는『조천록』부분에 실렸지만, 학봉 친필본『호당
  삭제』에 실려 있다. 시의 성격상『조천록』과 어울리지 않아서, 『호당삭제』에
  순서대로 편집한다. 「비가 온 뒤에 산장에서 노닐다」는『호당삭제』에 없다.
1 동한(東漢)의 강굉(姜肱)이 아우 중해(仲海)·계강(季江)과 우애가 끔찍하여
  늘 같은 이불을 덮고 자면서 계모의 마음을 위로해 드린 이야기가『후한서
  (後漢書)』권53「강굉열전(姜肱列傳)」에 실려 있다.

벗이 지은 애궁민哀窮民 시를 차운하다
次友人哀窮民韻

가난한 백성들의 심장 살점이[1]

왕후[2]의 곳간에 가득 찼구나.

흙과 나무에는 수놓은 비단 입히고[3]

마굿간의 말은 곡식 먹기에 염증이 났네.

어찌 알랴! 억만의 우리 창생들이

옷과 밥이 없어 밤중에 통곡하는 것을.

바라노니 사군께서 시 한 통을 써서

고기 먹는 조정 신하들께 보내 주시게.

小民心頭肉、充牣王侯宅。

土木衣文繡、櫪馬厭其穀。

安得知百萬億蒼生、無食無衣中夜哭。

請書使君詩一通、寄與廟堂諸肉食。

---

1 『고문진보』 전집에 실린 당나라 섭이중(聶夷中, 837~?)의 시 「상전가(傷田家)」에 "이월에 새 고치실을 미리 팔고, 오월이면 새 곡식 미리 팔아 세금 바쳤네. 우선 눈앞의 부스럼은 고쳤지만, 심장의 살점을 도려냈구나.[二月賣新絲 五月糶新穀 醫得眼前瘡 剜却心頭肉]"라고 하였다.

2 어떤 본에는 (王이) '공(公)'으로 되어 있다. (원주)

3 이규보(李奎報)의 시 「초당 삼영(草堂三詠)」에 "흙과 나무에 비단 수를 입혔네.[土木衣錦繡]"라고 하였다.

비가 온 뒤에 산장에서 노닐다
雨後遊山莊

오랜 장마 뒤에 햇빛이 보여
지팡이를 끌면서 산장(山庄)에 드네.
골짜기 구름은 아직도 촉촉하여
이슬 젖은 나뭇잎이 바람에 펄럭이네.
푸른 산이 홀연이 눈에 들어오니
오묘한 뜻을 말하기 끝내 어렵구나.
아쉽게도 함께 읊을 사람이 없어
홀로 가며 읊조리는 마음 애달프구나.
날 저물어 텅 빈 집에 돌아오노라니
초승달만 사립문에 가득 비치네.

久雨見天日、曳杖投山園。
溪雲尚含滋. 露葉風飜飜。
靑山忽入望、妙意終難言。
惜無同聲子、獨往傷吟魂。
日暮還空廬、新月滿柴門。

지다 만 국화

殘菊

하양의 오얏 복사[1] 내 분수 아니니
초택[2]의 국화 가지가 유독 좋구나.
서로 보자 무한한 뜻 다하지 않아
해 저물며 다시금 슬픔 머금네.

不分河陽樹、偏憐楚澤枝。
相看意不盡、歲暮更含悲。

---

1 진(晉)나라 반악(潘岳)이 하양(河陽)의 수령으로 나가서 온 경내에 복사꽃과
   오얏꽃을 두루 심자, 사람들이 '하양 일현화(河陽一縣花)'라고 하였다는 말이
   백거이(白居易)의 『백씨육첩(白氏六帖)』 권21에 나온다. 여기서는 화려한 부
   귀영화의 뜻으로 쓰였다.
2 초 지방에 있는 호수를 말한다. 굴원(屈原)이 이곳에 귀양 가 있었는데, 그곳
   에 난초와 국화가 많았다. 여기서는 시골에서 은거한다는 뜻으로 쓰였다.

술에 취해 주인에게 지어서 주다

醉贈主人 二首

1.

아이들끼리 어울려서 놀던 그 시절
그대와 나 둘이서 가장 친하게 붙어다녔지.
섬돌에 자란 대나무로 죽마 만들어 탔고
텃밭 파로 만든 피리 불며 놀았지.
당에 올라 어머니께 항상 절했고
글 읽을 땐 함께 스승 찾아다녔지.
십 년 만에 다시 와 잠을 자면서
귀밑머리 쳐다보니 벌써 하얗구려.

少年同隊日、與子最相隨。
階竹爲行馬、園葱作鼓吹。
登堂常拜母、讀字共尋師。
十載重來宿、看看鬢已絲。

◇ 주인은 남이관(南以寬)이다. 정축년(1577) (원주)

주자서朱子書를 읽다
讀朱子書

북을 치고 책상자 열며[1] 여러 선비들 와서
따라 노닌 날짜가 많이 지났네.
성현 남기신 글을 가지고 강설하면서
그 밖의 일들은[2] 염증을 내네.
어찌 고기[3]만이 내 맘을 기쁘게 하랴
나물 뿌리 씹으면서 가지를 꺾네.
몇 명이나 이 배움을 능히 마쳐서
상자만 팔았다는[4] 놀림을 면하려는가.

鼓篋來諸彦、從遊日子多。
遺書資講說、外事厭周羅。
悅我何須炙、咬根任折茄。
幾人能卒業、買櫝免譏訶。

―――――――

1　『예기(禮記)』「학기(學記)」에, "입학하여 북을 쳐서 울리고 상자를 열어 책을
　　꺼내는 것은 학업을 공손히 받기 위함이다.[入學鼓篋, 孫其業也]"라고 하였
　　다. 옛날에 입학(入學)할 때 치르던 일종의 의식(儀式)으로, 책을 싸 짊어지
　　고 가서 배움을 청한다는 뜻이다.

원문의 주라(周羅)는 일에 대한 욕심으로 모든 일을 자기가 두루 차지한다는
말이다. 『근사록(近思錄)』 권12 「경계(警戒)」에 "의심하는 병통이 있는 자는
일이 이르기도 전에 먼저 의심하는 꼬투리가 마음에 있고, 일을 움켜쥐는
자[周羅事者]는 먼저 모든 일을 싸안으려는 꼬투리가 마음에 있으니, 모두
병통이다."라고 하였다.

3 원문의 추환(芻豢)은 소나 양 등의 고기로, 좋은 음식을 말한다. 『맹자』 「고
자(告子) 상」에, "의리(義理)가 나의 마음에 좋기가 추환(芻豢)이 나의 입에
좋은 것과 같다." 하였다.

4 근본은 버려두고 말단만 좇는다는 뜻이다. 옛날에 초나라 사람이 정(鄭)나라
에서 구슬을 팔면서 화려한 상자에다가 구슬을 담아서 팔았다. 그러자 정나
라 사람이 옥을 담은 상자만 사 가고, 구슬은 되돌려 주었다. ─『한비자(韓非
子)』 권11 「외저설 좌 상(外儲說左上)」

조천록 朝天錄

◇ 학봉이 40세 되던 1577년에 사은 겸 개종계주청사(謝恩兼改宗系奏請使)의
서장관(書狀官)이 되어 명나라로 떠났으며, 2월 20일에 압록강을 건넜다.
정사 윤두수(尹斗壽), 질정관 최립(崔岦)과 함께 북경에 갔으며, 이 시기에
『조천일기』를 기록하였다.
일기와 별도로『학봉집』,『학봉속집』,『학봉일고』에『조천록』시고가 흩어
져 있어서, 함께 모아 순서대로 편집하였다. 시에는 날짜가 밝혀져 있지 않
아, 5개월 동안 쓴『조천일기』에 실려 있는 지명을 참조하여, 가능하면 순서
에 맞게 편집하였다.

저복원佇福院으로 가는 도중에 눈을 만나다

정축년(1577). 이하는 『조천록朝天錄』이다

佇福院途中遇雪

큰 들판이 어찌 저리 멀고도 먼가
북행길은 가고 가도 험난키만 하네.
거센 바람은 옷소매를 펄럭거리고
눈보라는 말안장을 후려 치네.
나라 위해 몸 바치니 마음 장하건만
어버이 그리워서 눈물 흐르네.
분명하구나, 천리 먼 꿈길 속에서
어젯밤에 가 보았던 고향의 모습이.

大野何曼曼。北行行路難。
顚風欺客袂、急雪撲征鞍。
許國寸心壯、思親雙涕濟。
分明千里夢、昨夜到鄕山。

◇ 저복원은 황해도 황주에서 중화로 가는 길목에 있는 역원(驛院)인데, 저복원
(貯福院)으로도 표기하였다.

동림고성東林古城[1]을 지나다
過東林古城

어느 시대 사람들이 이 성을 쌓았기에
옛 성이 어찌 이리도 굴곡졌는가.
길가를 에워싸며 뻗어 나갔고
산허리에 의지하여 둘러져 있네.
험준하여 만 명 군사 물리치겠고
가운데는 천 섬 곡식을 저장할 수 있네.
이 성을 쌓아 무슨 일을 하려 했던가
변방 지역 진압하려 쌓은 거라네.
전쟁하던 그 날을 상상해 보니
백성들은 모두 어육[2]이 되었겠지.

---

1 동림성은 평안도 선천 서북쪽에 있었는데, 『만기요람(萬機要覽)』에 "둘레
 4,016보"라고 하였다. 비슷한 시기에 이곳을 지나던 허균(許筠)은 「동림성부
 (東林城賦)」에서 "여장은 헐려 모두 없어졌고[女墻毀而盡夷] 발라붙인 흙덩
 이가 쏟아져 절반이 무너졌구나[糊襄頹乎半坋]"라고 하였다. 1803년 11월 11일
 에 이곳을 지나던 동지사의 수행원은 『계산기정(薊山紀程)』에서 이렇게 설명
 하였다.
 "동림성은 청강평 북쪽에 있는데 별장(別將)을 두어 관할하고 있다. 둥그런
 성을 산기슭 언저리에 쌓았고, 큰길이 남문 밖으로 가로질러 나 있다. 또 산
 입구에 성을 마련해 놓고 문을 세워 진서관(鎭西關)이라고 하였다. 소나무
 수풀이 빽빽하게 서 있고, 크고 작은 봉화대가 가끔 높은 산마루에 솟아 있다."
2 『후한서(後漢書)』 「중장통전(仲長統傳)」에 "백성들을 어육으로 만들어 그 욕
 심을 채웠다.[魚肉百姓 以盈其欲]"라고 하였는데, 사람들을 잔인하게 짓밟아
 해치는 것을 비유하는 말로 쓰인다.

지금도 성 아래의 길가에서는
한밤중에 원통한 혼이 통곡한다네.
태평스런 시절 되어 전쟁 그치니
금성탕지 무너진 채 다시 쌓지 않았네.
창과 칼은 호미나 곰방메로 바뀌어졌고[3]
산기슭엔 밭이 두루 널렸네.
난세 뒤엔 치세가 있는 법이고
치세가 오래 되면 난세가 빨리 오니,
바라건대 수양(修攘)[4]을 느슨히 하지 말아
저 성 다시 높이 쌓지 않게 하소서.

設險何代人、古城何屈曲。
逶迤擁道周、繚繞依山腹。
險可卻萬夫、中足容千斛。
築此將何爲、要以鎭邊服。
想當爭戰日、生民作魚肉。
至今城下路、冤魂中夜哭。
太平刁斗息、金湯廢不復。
戈鋋化鋤耰、田原遍山麓。
有亂卽有治、治久亂亦速。
願無弛修攘、莫令城再蠧。

3　한나라 가의(賈誼)의 「과진론(過秦論)」에, 진시황이 죽고 나서 일개 필부인
　　진섭(陳涉)이 "갈고리 창이나 긴 창과는 대적이 안 되는 호미나 곰방메[鉏耰
　　棘矜, 不敵於鉤戟長鎩]를 무기 삼아 일어났다"는 대목이 나온다. −『문선(文
　　選)』 권51
4　내수외양(內修外攘)의 준말로, 안으로는 정교(政敎)를 잘 닦고 밖으로는 외
　　적의 침입을 잘 방비하는 것을 말한다.

용만龍灣에서 감흥이 일어서
龍灣感興

초저녁에 변방 진에 투숙했더니
용만¹이라 눈보라가 사나웁구나.
기자가 봉해진 땅 다하였는데
요동을 바라보니 더더욱 머네.
만릿길에 마음 오히려 꿋꿋해지고
석 잔 술에 흥취 또한 한껏 오르네.
한밤중에 긴 칼을 쓰다듬으니
붉은 기운이 곧바로 하늘 찌르네.

薄暮投邊鎭、龍灣雪意驕。
箕封行已盡、遼塞望還遙。
萬里心猶壯、三杯興亦饒。
中宵撫長劍、紫氣直衝霄。

---

1   의주(義州)의 별칭이다. 『신증동국여지승람』 제53권 「의주목」 건치연혁에
    "본래 고려의 용만현(龍灣縣)인데, 화의(和義)라고도 불렀다."고 하였다. 조
    선시대에는 객사 명칭이 용만관이어서, 조천록이나 연행록에서 의주를 계속
    용만이라고 표기하였다.

용만의 이별하는 자리에서 읊다

위 1수는 원집에 들어 있다 이하는 『조천록朝天錄』이다

龍灣別席

사또께서 먼 길 가는 나그네 배웅하며
술잔 들고 강가에 마주하였네.
어찌 만리 먼 길에 헤어지면서
도리어 얼굴빛이 그리 좋은가.
이번 걸음에 나랏일이 막중하니
나라 살릴 기회가 이번 길에 달려서라네.
임금 치욕 당하면¹ 신하가 마땅히 죽어야 하니
하물며 먼 길 가는 따위야 꺼리랴.
길게 읍을 한 뒤에 강을 건너가면
손으로 해 가리키며 연산을 향하리라.

使君送遠客、把酒臨江灣。
如何萬里別、却有好容顏。
此行王事重、機會正相關。
主辱義當死、況可憚征鞍。
長揖渡江去、指日趨燕山。

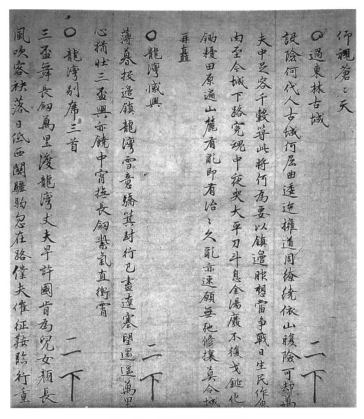

학봉 친필 시 「용만 별석(龍彎別席)」

1 이번 사신의 임무가 종계변무(宗系辨誣)이다. 고려말(1390)에 이성계의 정적
   인 윤이(尹彝)와 이초(李初)가 명나라로 도망가서, 이성계가 고려의 권신 이
   인임(李仁任)의 후손이라고 무고하였다. 이 거짓 사실이 『대명회전(大明會
   典)』에 기록되어, 역대 왕들이 명나라에 사신을 보내어 잘못된 사실을 바로
   잡으려[辨誣] 하였다. 명나라에서는 사신이 올 때마다 조선측 주장을 부록에
   싣겠다고 약속하다가, 1584년에 황정욱이 중찬된 『대명회전』의 수정된 조선
   관계 기록의 등본을 가지고 와서 종계변무의 목적이 달성되었다.

61

구련성九連城[1]을 지나다
過九連城

높다란 성첩은 구름과 가지런한데
너른 들판 동쪽에 이리저리 얽혀 있구나.
천하가 한집안 되어[2] 전쟁이 종식되니
해마다 봄풀만이 빈 성에 가득해라.

峥嵘雉堞與雲平。大野東頭縱復橫。
四海一家兵革息、年年春草滿空城。

---

1 의주에서 구련성까지 30리여서, 조천사 일행이 대개는 첫날 여기서 점심을 먹거나 유숙하였다. 1855년 10월 27일 이곳에 들린 서경순(徐慶淳)이 연행록『몽경당일사(夢經堂日史)』에서 이렇게 설명하였다.
　"구련성(九連城)에서 점심을 먹었다. 성터가 아직도 남아 있는데, 예전에는 아홉 성(城)이 서로 잇달아 있었기 때문에 이런 이름이 붙었다 한다. 고구려(高句麗) 때도 역시 여기에 도읍한 일이 있으니 이른바 국내성(國內城)이며, 또 애양성(靉陽城)이라고도 하였다. 금나라 때에 장군 알로(斡魯)가 고려에 항거하여 여기에 성을 쌓았고, 명나라 때에는 진강성 유격장군부(鎭江城游擊將軍府)라 하였다. 이제 청나라가 요동을 함락해서 그대로 빈 땅이 되어 있은 지 200여 년이다."
2 당나라 두목(杜牧)의 시 「장안잡제 장구(長安雜題長句)」에 "천하가 한 집안 되어 아무 일이 없으니, 장군은 거울 들고 백발에 눈물짓누나.[四海一家無一事 將軍携鏡泣霜毛]"라고 하였다. ─『전당시(全唐詩)』권521

쌍관하

雙關河

풍속 다르고 말도 달라 불러도 대답이 없어
여관 창에 깜빡이는 외로운 등불만 마주했네.
새벽 되자 잔설이 녹아 빗물이 되고
이월이라 시냇물이 얼음 위로 올라오네.

異俗殊音喚莫膺。客窓相對耿孤燈。
曉來殘雪融成雨、二月溪痕欲上冰。

◇ 우리들은 저녁에 쌍관하(雙關河)의 인가에서 묵었는데, 주인과 말을 나누다
가 변방의 일에 대해 말이 미쳤다. 우리들이 통사(通事)를 시켜 요즘 변방의
장수 가운데 유명한 자가 누구인가를 물었더니, "전에는 양조(楊照)이고,
지금은 이성량(李成梁)이다."라고 대답하였다. 또다시 두 장수의 우열을 물
었더니, "양조는 훌륭한 장수이고, 이성량은 귀신 같은 장수이다."라고 하였
다. -『학봉일고 조천일기』 2월 22일

요동성
遼東城

회원문 앞에서 고개 들어 멀리 보니
천산[1]이 절반쯤 석양빛에 물들었네.
수나라 당나라 정벌 속에 건곤은 늙어갔고
한나라 위나라가 다투는 사이에 세월이 흘러갔네.
요동 학[2]만 홀로 인물 변함을 슬퍼할 뿐
주민들이야 고금의 시름을 어찌 알랴.
방공[3]과 관자[4]가 일찍이 나그네 되었으니
신선 배를 묻고 싶건만 어디에서 찾으랴.

懷遠門前擡遠眸。千山一半夕陽收。
隋唐戰伐乾坤老、漢魏紛爭歲月悠。
遼鶴獨悲人物變、居民豈識古今愁。
逢公管子曾爲客、欲問仙舟何處求。

---

1 천산은 산 이름이다. (원주)
2 한(漢)나라 때 요동 사람 정영위(丁令威)가 영허산(靈虛山)에서 도를 닦아
   신선이 되었다. 천 년이 지난 뒤에 학이 되어 요동에 돌아와, 화표주(華表柱)
   에 앉아 시를 지었다. "새여! 새여! 정영위여! 집 떠난 지 천 년 만에 오늘에야
   돌아왔네. 성곽은 옛 그대로인데 사람들은 아닐세. 어찌 신선을 배우지 않아
   무덤이 총총한가."『수신후기(搜神後記)』에 실린 이야기이다.

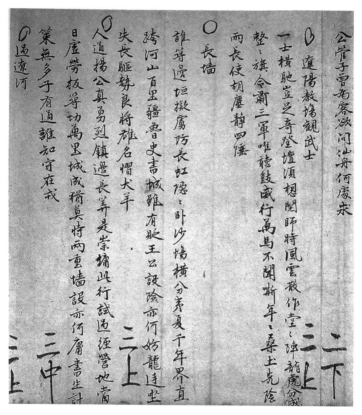

학봉이 쓴 「요양교장관무사(遼陽敎場觀武士)」와 「과요하(過遼河)」

---

3   춘추시대 제(齊) 땅에 제후로 봉해진 사람으로, 성은 강(姜)이다. 요동 관련
    은 미상이다.

4   관자는 삼국시대 위(魏)나라 사람 관녕(管寧)으로, 황건적(黃巾賊)의 난에
    요동(遼東)으로 몸을 피하였다. 학문이 뛰어나서 많은 사람들이 따랐으며,
    문제(文帝)와 명제(明帝)가 벼슬을 내려 불렀으나 모두 나아가지 않았다. 『삼
    국지(三國志)』 『위지(魏志)』 권11에 실려 있다.

요양遼陽의 교장敎場에서 무사들이 훈련하는 것을 보다
遼陽敎場觀武士

한 군사가 내달리는 거야 어찌 볼 만하랴
단에 오른 장수가 군대 사열할 때를 상상해보라.
당당한 진(陣)이 풍운처럼 흩어졌다 모이고
정연한 깃발이 용호처럼 나뉘었다 합해지네.
호령 엄숙해 삼군이 오직 북소리만 따르고[1]
위엄 있어 만 마리 말이 울음소리도 안 들리네.
해마다 비 오기 전 뽕나무 뿌리 주워[2]
길이 되놈을 억눌러서 변방 지역 편케 하라.

一士橫馳豈足奇。登壇須想閱師時。
風雲散作堂堂陣、龍虎分成整整旗。
令肅三軍唯聽鼓、威行萬馬不聞嘶。
年年桑土先陰雨、長使胡塵靜四陲。

---

1 전투시의 명령은 금고(金鼓)를 사용하였는데, 군중(軍中)에서 북을 치면 전
  진하고 징을 치면 퇴각하였다[鼓進金退].
2 『시경』빈풍(豳風)「치효(鴟鴞)」에, "하늘이 비 내리지 않을 적에, 저 뽕나무
  뿌리를 주워다가 틈과 구멍 튼튼히 얽어매라.[迨天之未陰雨 徹彼桑土 綢繆牖
  戶]"하였다.

요하遼河를 지나다
過遼河

삼차하(三汊河) 강물이 되놈 소굴을 지나며 흐르니
한 줄기 비린 기운이 만고토록 빗겨 있네.
참호는 그 옛날 고구려 땅에 속했는데
강물은 이제 중국 산하가 되었구나.
강가에 담장을 쌓아 오랑캐 넘기 어렵고
배 연결해 다리 놓으니 나그네는 쉽게 건너네.[1]
동풍 속에 노를 두드리며 지나간 일들 회상하니
망망한 봄풀마다 어찌 그리도 한이 많은가.

三汊之水經遼窟、一帶腥膻萬古斜。
分塹昔爲麗界畔、朝宗還作漢山河。
臨流起障胡難越、列艦爲梁客易過。
擊楫東風追往事、茫茫春草恨何多。

---

1 이날 우장(牛莊)을 출발하여, 삼차하(三汊河)에 도착해서 점심을 먹었다. 부
   교(浮橋)를 건너서 저녁 때 사령(沙嶺)에 도착하여 성 안의 인가에서 묵었다.
   —『조천일기』 1577년 3월 10일

어양교에서

漁陽橋

오랑캐 티끌 한 번 일자 두 강이 놀라서
온 천하가 마침내 태평을 잃었네.
못난 임금 역적 신하 경계해야 할 그곳에[1]
사람들이 옛날 다리 이름을 지우지 않았구나.[2]

胡塵一起兩河驚。四海居然失太平。
驕主逆臣俱可戒、州人莫泯古橋名。

◇ 학봉은 1577년 4월 1일 오전에 어양교를 지나가면서 이 시를 지었다.

1 못난 임금은 당나라 현종이고 역적 신하는 안녹산인데, 『계산기정』의 작가가
   1804년 2월 2일에 이곳을 지나면서, 어양교의 두 사람을 이렇게 설명하였다.
   "다리에는 일곱 개의 홍예문이 있고 그 아래로 물이 펑펑 흘러 큰 강 같았는
   데, 지금은 물이 남쪽 언덕으로 옮겨 흐르므로 이 다리는 육지 위에 필요
   없는 하나의 석로(石路)가 되었다. 길 모퉁이에 돌 사람[石人] 두 개가 어깨를
   나란히 들쭉날쭉 서 있는데, 얼굴만 내놓고 팔다리는 묶인 사람의 모양이다.
   '이 고을은 어양 땅에 속하는데 안녹산(安祿山)과 양귀비가 옛날 난리의 사단
   이 되어 죄가 당나라 왕실에 크므로 돌을 새겨 형상을 만들고, 따라서 결박하
   여 천고에 사죄하게 했다.'고 한다."

1656년 9월 19일에 이곳을 지나던 인평대군이 『연도기행(燕途紀行)』에 이 다리의 이름을 여러 가지로 기록하였다.

"석교(石橋)의 일명은 녹산교(祿山橋)이다. 안녹산(安祿山)이 비록 어양에서 일어났으나, 그는 이미 역적이 되었는데 어찌 이 다리에 그 이름을 남겨두었는가? 천 년 동안 흐르는 물도 오히려 스스로 불평을 품고 있는 듯하다. 다리 북쪽에 비석이 있으니 곧 영제교 중수기(永濟橋重修記)이다. 영제교 역시 이 어양교의 다른 이름이다."

북정록 北征錄

◇ 학봉이 42세 되는 1579년에 사헌부 장령(掌令 정4품)으로 재직하다가, 9월에
함경도 순무어사(巡撫御史)가 되어 함경도 일대를 순회하며 규찰하였다. 학
봉이 쓴 『북정일록』 9월 21일 기사에 "상께서 봉서(封書) 한 통을 내리셨는데,
함흥(咸興)과 길주(吉州)의 원곡(元穀)을 번고(反庫)하는 일이었다."라고 기
록하였다. 이듬해인 1580년 4월에 임무를 마치고 복명하였다. 이 시기에
순무어사를 파견하게 된 배경이 『선조실록』 12년 4월 19일 기사에 실려 있다.
"경연(經筵)의 강(講)을 마치자 유성룡과 윤선각이 모두 민간의 질고(疾苦)
에 대하여 아뢰었다. (줄임) 김우옹이 아뢰었다. '순무어사(巡撫御史)를 적
임자를 얻어서 차임하여 보내면 변장(邊將)들이 두려워 조심하게 될 것은
물론, 반드시 이익이 있을 것입니다. 신이 민간에 있을 적에 들으니 병사와
수사의 군영(軍營)에 있는 사졸의 침탈과 고통이 열진(列鎭)보다 심하다고
하였습니다.'"

구월 이십일일에 서울을 나서서 저물녘에 양주에 도착하다

이하는 『북정록北征錄』이다

九月二十一日出京暮抵楊州

아침에 대궐 떠나 날 저물어 양주에 드니
천리 먼 길을 오늘 처음 거쳤네.
서울 산천 모습은 차츰 멀게 보이니
변경 땅의 풍토는 듣기에도 놀랍구나.
거친 시냇물 날아가는 기러기 소리마저 고달프고
고목에는 가을 깊어 나무 잎새가 흩날리네.
호시[1]의 장한 마음이 아직도 남아 있어
닭 울자 말 몰아서 다시 떠나길 재촉하네.

朝辭鳳闕暮楊城、千里初登一日程。
京國山川看漸遠、塞垣風土聽堪驚。
荒溪鴈度聲聲苦、古樹秋深葉葉輕。
弧矢壯心猶未已、聞鷄索馬又催行。

---

1 상호봉시(桑弧蓬矢)의 준말로, 천지 사방을 경륜할 큰 뜻을 말한다. 옛날에
사내아이가 태어나면 뽕나무로 활을 만들어 문 왼쪽에 걸고 봉초(蓬草)로
화살을 만들어서 사방에 쏘는 시늉을 하며 장차 이처럼 웅비(雄飛)할 것을
기대했던 풍습이 『예기(禮記)』「내칙(內則)」에 실려 있다.

밤에 별해보別害堡에 들다
夜入別害堡

밤이 되어 유새[1]에 들어가 보니
들판에는 적진을 살피는 불빛 밝구나.
강 얼음은 말발굽에 부서지고
오랑캐 장벽은 북 소리에 기울어지네.
딱딱이 소리가 삼경 달빛 아래 울리니
나그네는 만리 고향이 그리워라.
내일 아침 임금 은택을 반포하면[2]
봄[3]기운이 변방 성을 움직이리라.

入夜行楡塞、川原候火明。
河冰馬蹴裂、胡障鼓搥傾。
弓斗三更月、征夫萬里情。
明朝頒聖澤、春氣動邊城。

◇ 별해보(別害堡)는 본군 남쪽 4백 30리에 있다. (신증新增) 홍치(弘治) 신유
년(1501)에 비로소 돌성을 쌓았는데, 주위가 1천 3백 55척에, 높이가 8척이
며, 그 안에 두 개의 우물이 있다. 금상(중종) 15년(1520)에 병마만호 1명을
두었다. ─『신증동국여지승람(新增東國輿地勝覽)』 권49 「함경도 삼수군(三
水郡)」

1 진나라 때 몽염(蒙恬)이 흉노족을 막기 위하여 설치한 관(關)으로, 지금의 내몽고(內蒙古) 지역에 있었으며, 유림새(楡林塞)라고도 한다. 이 지역에 느릅나무가 많이 자생함으로 인해 붙여진 이름으로, 흔히 변경 지방을 가리키는 말로도 쓰였다.

2 아침에 (별해보) 대청에 좌기하여 예를 받은 다음, 군기를 점고하고 토병(土兵) 및 남군(南軍)들의 활쏘기를 시험하였다. 토병은 파리한 자가 겨우 10여 명뿐이었으며, 남군은 40여 명이었는데, 활을 쏠 줄 아는 자는 몇 사람 없었다. 성 안에 사는 인가도 수십 집이 못 되어 방비가 몹시 허술하여 매우 염려스러웠다. 모든 보(堡)가 강 건너편에 있고, 그 북쪽에 오만령(五萬嶺)과 시반령(始盤嶺)이 있는데, 모두 적들이 왕래하는 길이었다. 그런데도 관하(關河)가 험고하지 못해, 오랑캐 기병이 몰아닥쳐서 곧장 쳐들어올 수가 있다고 한다. -『북정일록』 10월 10일

3 어떤 본에는 희(喜)로 되어 있다. (원주)

74

옷을 나누어 주다
頒衣

변방 군사 손이 얼까 걱정하여서
왕명으로 겨울옷을 나누어 주네.[1]
임금 은혜가 먼 변방에 먼저 이르니
은혜 바람이 북방에 두루 불어서,
삼강[2]에는 얼음이 더디게 얼고
장백산엔 흰 눈이 더디 내리네.
솜옷을 입은 군사 떨쳐 일어나니
오랑캐들 성 가까이 오지 말거라.

邊兵愁墮指、王命賜寒衣。
愛日先窮塞、恩風遍朔陲。
三江冰合晚、長白雪來遲。
挾纊人爭奮、胡兒莫近埤。

◇ 별해보(別害堡) 앞에 도착하여 배를 타고서 강을 건너니 만호(萬戶) ○○○
가 나와서 맞이하였다. 별해보에 들어가니 밤 2경이었다. 대청에 좌기(坐起)
하여 예를 받은 다음 그곳에서 묵었다. (줄임) − 4운시 2수를 지었다. −『북정
일록』 1579년 10월 9일
이날 납의(納衣)를 가지고 왔던 고산 찰방(高山察訪)이 하직하고 돌아갔다.
−『북정일록』 1579년 10월 10일
9일에 옷을 나누어 주었으므로, 겨울옷을 가져온 고산 찰방이 10일에 돌아간
것이다.

1   『북정일록』 10월 25일 기사에 "저녁에 납의(衲衣)를 가지고 왔는데 200여
    벌이나 되었다." 하였고, 21일 기사에 "(갑산부) 동상(東廂)에 좌기하여 토병
    에게 군물(軍物)을 나누어 주었는데, 어제 날이 저물어서 미처 나누어 주지
    못했기 때문이었다." 하였다. 가는 곳마다 겨울옷을 나눠 주었다.
    흔히 불교의 승려들이 입는 회색의 웃옷을 말한다. 납의(衲衣)의 '납(衲)'은
    중생이 버린 옷가지를 주워서 누덕누덕 기웠다는 뜻이다. 이 시에서는 겹으
    로 된 두툼한 옷으로, 북쪽 변경에서 수자리 사는 군졸들에게 겨울철에 지급
    하였던 군복을 말한다.
2   삼강은 삼수군(三水郡)의 이름이다. (원주)

76

묘파보廟坡堡에서 짓다 1수는 원집元集에 들어 있다
題廟坡堡

수자리를 오래 살아 군사는 늙었고
성이 많아서 힘은 이미 나뉘어졌네.
힘 약한 백성들은 포로되어 잡혀 가고
외로운 성첩은 구름하고 맞닿았구나.
조정의 계책을 헤아리기 어렵지만
변방의 걱정 역시 크고 심하네.
약하고 파리한 한두 군졸로
어떻게 저 오랑캐 기세를 막아 내겠나.

戍久師方老、城多力已分。
殘民纔被虜、孤堞更連雲。
廟算雖難測、邊憂亦孔殷。
尫羸一二卒、何以禦胡氛。

◇ 조정에서 진군(津軍)이 포로로 잡혀간 변고에 경계심이 생겨 강가에 보를
세웠는데, 형세가 외로워서 토병(土兵)은 단지 두 호(戶) 밖에 없었다. 방수
(防戍)하러 들어온 남방 군사는 모두 파리하고 약해서 급한 변고가 일어났을
때 믿을 만하지 못하니, 사태가 몹시 염려스러웠다. 그래서 사람들이 '화살에
따라 과녁을 세운다'고 비웃었으므로, 시에서 언급하였다.
　묘파보는 강 언덕 산기슭에 있는데, 지세가 기울고 또 자갈밭이어서 성 안의
사정을 오랑캐들이 다 볼 수 있으므로, 실로 보를 세우기에 편리한 곳이
아니었다. 그래서 감사 박민헌(朴民獻)이 옮겨 설치하고자 하였으나, 의논이
합치되지 않아 실행하지 못했다고 한다. 이날 북루(北樓)에 좌기하여 군사를
점고하였다. (줄임) 4운시 2수를 지었다. ─『북정일록』 1579년 10월 11일

장군보
將軍堡

백 척 높이 솟아 있는 장군보여!
내 묻노니 경영한 지 몇 해나 되었나.
사람들은 소무가 먹던 눈[1] 먹고
성 안에는 경공의 우물[2]도 말랐네.[3]
호랑이 굴이 장백산에 이어져 있고
구절양장 꼬부랑 길이 구천을 둘러,
망루 올라 머리 돌려 바라다보니
나그네 심사 더욱 아득하구나.

百尺將軍堡、經營問幾年。
人餐蘇武雪、城渴耿恭泉。
虎穴連長白、羊腸繞九天。
譙樓一回首、羈思轉茫然。

◇ 망덕령(望德嶺)에 오르니 고개가 높아서 마치 하늘에 오른 듯했으며, 겨우
내려갔다가 또다시 장군파령(將軍坡嶺)에 오르니, 망덕령이 또 발 밑에 있었
다. 보(堡)는 고개 위에 있으며, 고개는 적들이 왕래하는 장백산 길과 연하였
다. 오랑캐들이 이곳으로 온다면 명천, 길주 등 여러 고을이 모두 눈앞에
펼쳐질 것이니, 실로 요충이 되는 지역이었다. 보(堡)에 들어가서 점고하였
다. – 4운시 1수와 절구 1수를 지었다. – 『북정일록』 1579년 11월 11일

1 한나라 무제(武帝) 때 중랑장(中郎將) 소무가 흉노(匈奴)에 사신으로 갔는데,
   흉노의 선우(單于)가 온갖 협박을 하면서 항복하기를 강요하였다. 그런데도
   굴하지 않고 큰 구덩이 속에 갇혀서 눈을 먹고 가죽을 씹으며 지냈다. 다시
   북해(北海)로 옮겨져서 양을 치며 지냈는데, 그때에도 한 나라의 절(節)을
   그대로 잡고 있었다. 19년 동안 고생하며 억류되어 있다가 소제(昭帝) 때
   흉노와 화친하게 되어 비로소 한나라로 돌아온 이야기가 『한서(漢書)』 권54
   「소무전」에 실려 있다.

2 후한 때 경공이 소륵성(疏勒城)을 지키고 있었는데, 흉노가 포위하여 물길이
   끊겼다. 경공이 성 안에 우물을 깊이 팠으나 물이 나오지 않았는데, 의관(衣
   冠)을 갖추고 우물을 향해 두 번 절하자 물이 갑자기 솟아 나왔다. 그 물을
   퍼서 흉노에게 보내자, 흉노들이 군사를 끌고 물러간 이야기가 『후한서(後漢
   書)』 권49 「경공전」에 실려 있다.

3 보(堡)가 산꼭대기에 있어서 우물이 없으므로 사람들이 눈을 녹여서 밥을
   지어 먹는다. (원주)

온천[1] 보화보寶貨堡[2]의 북쪽에 있다
溫泉

북쪽 변방 십일월에는
현제[3]가 권세를 잡고 있어서,
만 우물이 모두 얼어붙었건만
이 샘만은 홀로 불 타고 있네.
음과 양은 원래 서로 집을 바꾸고
이와 감은 본디 서로 달이는 법이니,[4]
이 이치를 그대가 묻는다면
주역의 선천 후천을[5] 살펴보라고 하겠네.

幽都十一月、玄帝政當權。
萬井氷皆合、玆泉火獨然。
陰陽元互宅、離坎本相煎。
此理君如問、請看先後天。

◇ 저녁에 주을온보(朱乙溫堡)에 닿았다. 보을오지보와 본보(本堡)는 모두 장백
산에서 갈라져 나온 골짜기로서 적들이 왕래하는 첫들머리였다. – 절구 1수
를 지었다. – 『북정일록』 1579년 11월 16일
성 북쪽 시냇가에 온천(溫泉) 두 곳이 있었는데, 화기(火氣)가 찌는 듯하고
뜨거운 안개가 하늘에 치솟았다. 몹시 추운 이 고장에 이런 샘이 있으니,
조화(造化)의 이치를 참으로 헤아리기가 어렵다. (줄임) – 4운시 2수를 지었
다. – 『북정일록』 1579년 11월 17일

1940년대 주을온천 사진 [한국민족문화대백과사전]

---

1 『신증동국여지승람』 권50 「경성도호부」 산천조에 온천이 세 군데 소개되어 있다. 주을온천(朱乙溫川)은 부의 남쪽 32리에, 추봉온천(錐峯溫泉)은 부의 서쪽 34리에, 운가위온천(雲加委溫泉)은 부의 서쪽 110리에 있다.

2 『신증동국여지승람』 권50 「경성도호부」 관방조에는 '보화보(甫化堡)'라고 되어 있는데, "부의 남쪽 54리에 있다. 돌로 성을 쌓았는데 둘레 1,023척, 높이 6척이다."라고 하였다. 방향과 거리로 본다면, 이 시에서 말하는 온천은 주을온천이다.

3 『예기(禮記)』「월령(月令)」에, "맹동(孟冬)·중동(仲冬)·계동(季冬)의 달의 제(帝)는 전욱(顓頊)이고, 신(神)은 현명(玄冥)이다." 하였다. 현제(玄帝)는 북방(北方)의 동신(冬神)인 현명(玄冥)을 말한다.

4 팔괘(八卦) 가운데 이(離)는 방위로는 남방에 해당되고 물질로는 화(火)에 해당되며, 감(坎)은 방위로는 북방에 해당되고 물질로는 수(水)에 해당된다. 여기서는 물과 불을 가리킨다.

5 선천은 복희씨(伏羲氏)가 만든 역을 말하고, 후천은 황제(皇帝)가 만든 역을 말한다.

옥련보에서 미숙美叔 허봉許篈의 시에 차운하다

玉蓮堡次許美叔篈韻 二首

1.

말몰이꾼 꾸짖으며 먼 길에 올라
수당[1]의 경계를 다시는 생각 안했네.
이내 한 몸 가볍기가 기러기 터럭 같으니
누가 팽상[2]을 말하는가.
긴 노래는 장백산을 비껴 울리고
장한 기운 오랑캐 땅을 억누르누나.
옷 나누어 줘 군사들 솜옷 입으니
얼어붙은 고장이라고 누가 말하랴.
어진 하늘이 따뜻한 봄을 재촉하여
구지에 한 양기운이 생겨났으니,[3]
임금님 마음이 북극과 같아져서
태평한 운수 응당 다시 길리라.[4]

叱馭涉長途、不復戒垂堂。
鴻毛一身輕、何者爲彭殤。
長歌倚白山、壯氣壓胡疆。
頒衣士挾纊、誰道涸陰鄕。
仁天催暖律、九地生一陽。
王心與同極、泰運應更長。

◇ 허봉(1551~1588)은 초당(草堂) 허엽(許曄)의 아들이자 뒷날 통신사 서장관으로 학봉과 일본에 함께 갔던 악록(岳麓) 허성(許筬)의 아우로, 미숙은 그의 자이고 호는 하곡(荷谷)이다. 1574년에 성절사 서장관으로 학봉보다 먼저 명나라에 다녀오면서 『조천기(朝天記)』 3권을 기록하고, 28세 되던 1578년 2월에 함경도 순무어사로 파견되어 이곳에 들렀으며, 4월에 안변부사 권벽의 파직을 청하였다.

허봉이 먼저 지은 시 「옥련보에서 쓰다(題玉連堡)」에 "(옥련보는) 부령도호부 서남쪽 40리에 있으며, 만호를 설치하였다.[在富寧府西南四十里許 設萬戶]"고 주를 달았다.

1 한나라 문제가 장안(長安) 동쪽 패릉(霸陵) 위에서 수레를 몰아 험난한 언덕을 내달려 내려가려 하자, 원앙이 말고삐를 잡고 이렇게 간하였다. "신은 듣건대, '천금을 가진 집 자식은 마루 끝에 앉지[垂堂] 않고, 백금을 지닌 집 자식은 난간에 몸을 걸터앉지[騎衡] 않으며, 성군은 위험한 것을 타지 않고 요행을 바라지 않는다' 하였습니다. 그런데 폐하께서는 험한 산길을 고려하지 않고 말을 달리려 하시니, 만일 말이 놀라 수레가 넘어지는 날이면 폐하 자신의 몸이야 하찮게 보신다 하더라도 고조(高祖)의 사당과 태후(太后)를 장차 어찌 하시겠습니까." — 『한서』 권49 「원앙전(袁盎傳)」

2 팽은 팽조(彭祖)로서 800살을 산 사람이고, 상은 성년이 못 되어서 죽은 아이를 가리킨다. 장수한 팽조나 요절한 아이나 모두 죽기는 마찬가지라는 뜻이다.

3 『주역』 「복괘(復卦)」의 공영달(孔穎達) 소(疏)에 "동지에 양 하나가 생기니, 양은 움직여서 용사하고 음은 고요함으로 돌아가는 것이다.[冬至一陽生 是陽動用而陰復於靜也]"라고 하였다. 학봉이 옥련보에서 묵은 11월 24일 『북정일록』에 "고풍시(古風詩) 1수와 4운시 1수를 지었다."는 주가 있는데, 이날이 바로 동지이다.

4 이날이 동지(冬至)였다. (원주)

무산보에 도착하여 새벽에 정승파오달政承破吾達에 들어갔다가 허미숙許美叔[1]의 시에 차운하다

到茂山堡曉入政承破吾達次許美叔韻

정승파오달은 무산보 차유령車踰嶺에서 서쪽으로 50리 되는 곳에 있는데, 적들이 드나드는 요해지要害地이다. 이곳에 진鎭을 설치하면 몇 개 고을로 내려오는 적로賊路를 틀어쥘 수가 있으므로, 허미숙이 순무巡撫할 적에 일찍이 이곳에 들어와 보고서 벽에다가 시를 남겨 놓았다[2]

황폐한 성채에서 베개 기대어 한바탕 꿈꾸고 나니
피리 불고 북을 치는 오경 밤 초각일세.
용 깃발의 그림자는 차유령의 눈을 스치고
태평소[3] 피리 소리는 여진 지역을 흔드누나.
웅대한 진에 누가 천 치의 성채를 쌓으려나
못난 선비가 만언서를 올리고 싶구나.
다행히도 양천자(陽川子)[4]가 나와 같은 생각을 가져
벽 위에 시를 남겨서 나를 흥기시키네.

攲枕荒城一夢餘。鳴笳擊鼓五更初。
龍旗影拂車踰雪、虎角聲掀女直墟。
雄鎭誰營千雉峻、迂儒欲獻萬言書。
同聲幸有陽川子、壁上留詩更起予。

◇ 무산보는 차유령에서 20리쯤 되는 곳에 있으며, 정승파오달과는 50리쯤 되는 거리인데, 정승파오달은 적들이 왕래하는 요긴한 길목이다. 경성(鏡城)의 오촌(吾村)과 어유간(魚游澗), 부령(富寧)의 옥련(玉蓮), 무산(茂山), 양영(梁永)에 들어와서 도둑질하는 자들은 모두 이 지역을 경유한다. 여기에 진을 설치하면 서너 개의 진이 모두 내지(內地)로 되므로, 전 병사(兵使) 신익(申翌)이 진을 설치하고자 하였으나, 설치하지 못하였다. 그 뒤 허봉(許篈)이 순무어사였을 때 들어가서 형세를 살펴보았고, 나도 이번 걸음에 가서 살펴보고 싶어서 군마까지 갖추어 놓았으나, 공교롭게도 풍설(風雪)을 만나서 뜻을 이루지 못하였다. ─『북정일록』 1579년 11월 27일

낮에 성을 나서서 북쪽 고개에 올랐다. 차유령(車踰嶺)을 돌아다보니 바로 문지방과 같았는 바, 비록 정승파오달은 보이지 않았으나, 산천의 형세와 도로의 굽이진 것을 멀리서 요량해도 진을 설치하는 것이 편리한지 편리하지 않은지를 알 수가 있었다. (줄임) ─ 4운시 2수와 절구 1수를 지었다.
─『북정일록』 1579년 11월 28일

1 미숙은 1578년에 함경도 순무어사(巡撫御史)로 파견되었던 후배 허봉(許篈, 1551~1588)의 자(字)이다.

2 허봉의 문집인『하곡선생시집』『속보유(續補遺)』에 이 시와 같은 운으로 지은 「무산보(茂山堡)」 시가 실려 있는데, 소주에 "부령도호부 북쪽 40리에 있다. 예전에 만호를 설치하였다가 지금은 폐지하였는데, 관사 현판에 (이 시가) 아직도 남아 있다[在富寧府北四十里 舊設萬戶今廢 館宇懸板尙在]"고 하였다.

3 원문은 호각(虎角)인데, 다른 용례가 없다. 아마도 본래 군중(軍中)에서 사용하던 태평소(太平簫)를 가리키는 듯하다.

4 양천 허씨(陽川許氏)인 허봉을 가리킨다.

경원 동헌에 있는 시에 차운하다[1]
次慶源東軒韻

얼음 얼어 출렁이는 강 물결은 보이지 않고
천참은 한(漢)과 노(虜) 땅을 구분하기 어렵구나.
양쪽 언덕엔 누런 갈대 아득하게 이어졌고
산에 가득한 흰 눈은 구름 속에 들어가네.
비석은 글씨가 닳아 선춘령에 넘어졌고[2]
종은 쇳조각 되어 거양성에 누워 있네.[3]
그 누가 알았으랴 기빈의 조각 땅이[4]
왕업의 터전 되어 경사 끝이 없을 줄이야.[5]

層冰不見水決決、天塹難分漢虜鄉。
夾岸黃蘆連塞遠、漫山白雪入雲長。
碑成沒字橫春嶺、鐘作零金臥巨陽。
誰識岐豳一片地、便基王迹慶無疆。

---

1 『신증동국여지승람』권50 「경원도호부 제영(題詠)」에 신숙주가 지은 시 "맑
은 강에 얼음이 녹아 물이 넓은데, 숲이 푸르고 아득하니 오랑캐의 고장이구
나[淸江氷泮水決決 林藪蒼茫戎虜鄉]"가 실렸는데, 제목이 「차경원동헌운(次
慶源東軒韻)」이다. 이보다 먼저 지은 시인의 이름은 알 수가 없다.

2 윤관(尹瓘)이 비석을 선춘령(先春嶺)에 세웠다. (원주)

3 윤관이 거양성(巨陽城)을 쌓고서 성 안에 종을 매달았는데, 고을 사람이 그
종을 부수고 집에 돌아갔다가 곧바로 죽었다. 그 쇳조각이 아직도 남아 있는
데, 사람들이 감히 가까이 가지 못한다고 한다. (원주)

윤관의 여진 정벌을 기록한 「척경입비도(拓境立碑圖)」

---

4 주(周)나라의 선조인 공류(公劉)가 빈(豳) 지방에 처음으로 옮겨 왔고, 그
   뒤 고공단보(古公亶父)가 기산(岐山)으로 옮겨 왔다. 여기서는 조선의 개국
   조인 이성계가 함경도에서 처음 발흥하였음을 말한 것이다.

5 본조 태조(太祖) 7년에 옛터에다 돌로 성을 쌓았다. 이 지방에 덕릉(德陵)과
   안릉(安陵)이 있으며, 또한 왕업의 터전을 시작한 땅이기 때문에 현재의 명
   칭으로 고치고 승격하여 부(府)를 만들었으며, 경성부(鏡城府)에서 용성(龍
   城) 이북을 분할하여 여기에 소속시켰다. ―『신증동국여지승람』권50 「경원
   도호부 건치연혁」

홍원의 객관에서 큰형님의 시에 차운하다

2수는 원집元集에 들어 있다

洪原館次伯氏韻

큰형님이 정사하시던 그날을[1]
이 아우는 또렷하게 기억합니다.
송사가 없어 뜨락에는 새들 모여들고
금을 뜯어[2] 바다와 산이 맑았었지요.
백성들은 지금까지도 덕을 사모하고
오래 된 아전들은 공평했던 정사를 칭송합니다.
성곽 두른 소나무 천 그루에는
떠난 뒤에 그리는 정이 길이 남았습니다.

大兄爲政日、小弟記分明。
訟息庭禽集、琴鳴海嶽晴。
遺民今慕德、故吏尙稱平。
擁郭松千樹、長存去後情。

◇ 낮에 성을 나와서 홍원(洪原)의 평포참(平浦站)에 도착하자 날이 저물어 유숙
하였다. 품관(品官) 김한공(金漢恭), 김응기(金應璣), 강빈(姜濱)은 예전부터
알던 사이였는데, 길 옆에 와서 알현하였다. 저녁에 이들을 역(驛)으로 불러
서 보고 술을 대접하였다. -『북정일록』 1580년 3월 21일
오후에 성을 나와 남산(南山)에 올라가 관망하니, 젊었을 때 다니던 자취가
완연하였다. 이리저리 서성이면서 사방을 돌아보노라니 지난일의 감회가
없지 않았다. -『북정일록』 1580년 3월 24일

홍원현 지도 [규장각]

1 1554년 겨울이다. 『학봉집』 부록 「연보」에 기록이 있다. "갑인년(선생 17세)
   겨울에 홍원(洪原)으로 부임하는 백씨(伯氏) 약봉공(藥峯公, 克一)을 따라 갔
   다. 하루는 성 안에 불이 나서 사람들이 모두 달려가 아문(衙門)의 불을 끄고
   있었는데, 선생만은 홀로 책상자를 등에 짊어지고 전패(殿牌)를 손에 받들고
   서 조용한 곳으로 피하였으므로, 약봉공이 사람들에게 말하였다. '기이하다.
   내 동생은 반드시 학문을 독실히 하고 충애하는 마음이 두터운 선비가 되겠
   구나.'"
   "을묘년(1555, 선생 18세) 겨울에 고향으로 돌아왔다"고 했으니, 1년 동안
   홍원에 맏형과 함께 있었던 셈이다.
2 『여씨춘추(呂氏春秋)』 「찰현(察賢)」에, "복자천(宓子賤)이 선보(單父)를 다
   스리는데 금(琴)이나 뜯고 지내면서 당 아래로 내려가지 않아도 선보가 잘
   다스려졌다." 하였다. 복자천은 공자의 제자로, 정사를 간략하게 하고 형옥
   을 맑게 하였다.

망운대[1] 홍원현洪原縣 남쪽에 있는데, 큰형님께서 이 고을을 다스릴 때 지은 이름이라 한다

望雲臺

소년 시절 발자취가 외로운 성에 남아 있어
마음 먹고 산 오르니 변방 해가 환하구나.
성곽 밖에는 사람들이 띄엄띄엄 모여 살고
해문에는 신선 섬이 솟았다가 평평하네.
솔바람 소리는 저녁 나절 물결 소리에 섞여 크고
산빛은 아침 나절 들판에 이어져 분명하니,
여기가 영원[1] 구절을 읊조리며 바라보던 곳이라
이제 와 고개 돌려 바라보니 더욱 마음 걸리네.

少年蹤迹在孤城。作意登山塞日明。
郭外人居疎復密、海門仙島斷還平。
松聲晚帶濤聲壯、山色朝連野色晴。
最是鴒原吟望處、此時回首更關情。

◇　학봉의 큰형님은 김극일(金克一, 1522~1585)로, 자는 백순(伯純), 호는 약봉(藥峯)이다. 1548년 문과 급제하여 사헌부 감찰, 예천군수, 성주목사로 부임하였다. 『학봉연보』 '가정 33년(1554) 선생 17세'조에 "겨울에 홍원(洪原)으로 부임하는 백씨(伯氏) 약봉공(藥峯公)을 따라 갔다."고 하였으며, 이듬해 "겨울에 고향으로 돌아왔다"고 하였으니, 이 시기에 '망운대'라고 명명한 듯하다.

1　적인걸(狄仁傑)이 병주도독부 법조(幷州都督府法曹)가 되었는데 그때 아버지가 하양(河陽)의 별업(別業)으로 있었다. 적인걸이 병주에 부임하여 태항산(太行山)에 올라가 남쪽을 바라보다가 흰 구름이 떠가는 것을 보고 옆 사람들에게 말하였다. "나의 아버지가 계신 곳이 저 구름 밑이다." 한참 동안 우두커니 서서 바라보다가, 구름이 옮겨가자 그제서야 자리를 뜬 이야기가 『구당서(舊唐書)』 권88 「적인걸열전」에 실려 있다. 그 후로 망운(望雲)은 어버이를 그리워하는 고사로 쓰였다.

2　『시경(詩經)』 소아(小雅) 「상체(常棣)」 3장에, "저 할미새 들판에서 호들갑 떨듯, 급할 때는 형제들이 서로 돕는 법이라네. 언제나 좋은 벗이 있다 하지만, 그저 길게 탄식만 늘어놓을 뿐.[鶺鴒在原 兄弟急難 每有良朋 況也永歎]" 이라고 하였다. 영원(鶺鴒)은 형제간의 우애를 말하는데, 여기서는 형을 뜻한다.

꽃밭에서
花壇

백운정의 난간 마루 앞에 철쭉꽃 한 떨기가 있는데, 30년 전에 어머님께서
당에 계실 때 심은 것이라, 감격스런 마음이 있어서 읊었다

옛 물건이 아직도 남아 있어서
의연히 푸른 산에 의지해 있구나.
몇 년이나 주인 잃고 슬퍼하였나
오늘에야 화단 오르니 마음 기쁘네.
꽃 보는 게 늦었다고 한탄하지 말라
빗속에서 볼 수 있기를 기다린 걸세.
신령한 뿌리에 옛날 감상 남아 있으니
마주 보자 눈물 줄줄 흘러내리네.

故物渠猶在、依然倚碧山。
幾年悲失主、今日喜登壇。
莫恨尋芳晚、還須帶雨觀。
靈根留舊賞、相對涕氄瀾。

◇ 백운정은 학봉의 둘째 형인 김수일(金守一, 1528~1583)의 정사이다. 자는
경순(景純), 호는 귀봉(龜峰)으로, 1555년 생원시에 합격하였으나, 향리인
임하현(臨河縣) 부암(傅巖)에 백운정(白雲亭)을 짓고 후진 양성에 힘썼다. 학
봉이 1582년 부친의 삼년상을 마친 뒤에 백운정에서 두 달 머물다가 금계로
옮겨 갔다.

해서록 海西錄

◇ 『해서록(海西錄)』은 46세 되던 1583년 3월에 황해도 순무어사로 나가 민간을 순행(巡行)하면서 읊은 시들을 편집한 시고이다. 연보 '만력 11년(1583) 계미. 선생 46세'조에서 이 시기를 이렇게 설명하였다.

"3월에 황해도 순무어사(黃海道巡撫御史)에 차임되었다. ─ 당시에 군정(軍政)은 해이해지고 부역은 과중하였으므로 백성들은 명을 감당하지 못하였다. 이에 선생은 개연히 부패한 것을 바로잡고 백성들을 살릴 뜻을 품어 상소를 올리면서 조목별로 폐단을 아뢰었는데, 그 조목이 모두 일곱이다. 첫 번째는 일족(一族)을 침징(侵徵)하는 데 따른 폐단이다. 두 번째는 늙어 병역이 면제돼야 할 사람이나 병이 위중하거나 고질이 있는 자도 군역을 면제받지 못하는 데 따른 폐단이다. 세 번째는 수군(水軍)과 육군(陸軍)이 유방(留防)하고 부방(赴防)하는 데 따른 폐단이다. 네 번째는 군비(軍備)가 무너진 데 따른 폐단이다. 다섯 번째는 정원 이외에 헛되이 명목을 붙인 데 따른 폐단이다. 여섯 번째는 공부(貢賦)를 상정(詳定)하지 않고 부역을 면제하는 데 따른 폐단이다. 일곱 번째 조목은 없어져서 전해지지 않는다."

삼월 십일에 성을 나와서 연서역延曙驛을 바라보니 살구꽃이 만발하였다 계미년(1583). 이하는 『해서록海西錄』이다

三月十日出城望延曙驛杏花爛開

울타리 희미하니 어느 곳이 마을인가
살구꽃 천 나무라 사립문에 눈이 쌓였네.[1]
풍진 속에 몇 달 동안 병 앓던 나그네가
어느 날 성을 나서니 봄 경치 한창이구나.

籬落依俙何處村。杏花千樹雪堆門。
風塵數月病吟客、一日出城春事繁。

---

1 소식이 「달밤에 손님과 함께 살구꽃 아래에서 술을 마시며 지은 시[月夜與客飮酒杏花下]」에 "꽃 사이에 술자리 벌이니 맑은 향기 발하는데, 다투어 긴 가지 휘어잡으니 꽃잎이 향기로운 눈처럼 떨어지네.[花間置酒淸香發 爭挽長條落香雪]"라고 하였다.

장정이 되면 병사가 되었다가 예순 살이 되면 면제
되는 것이 국법이건만, 수령들이 잘못하여 간교한
아전들의 손에 내맡긴 탓에 군병에서 제외시킬 즈
음에 나이 많고 적음은 묻지 않고 오직 뇌물의 많고
적음에 따라서 처리하였다. 이에 등이 굽고 머리가
허연 자들이 아직 군병에 편성되어 있어, 문서를 가
지고 와 하소연하는 자들이 항상 뜰에 가득하였다
成丁爲兵六十除軍法也守宰不良委諸奸吏之手除軍之際無問
老少而惟視賂之多少鮐背鶴髮猶編行伍持牒號訴者常滿庭

상투 틀자 종군하여 수자리에 몇 번 갔던가
평생토록 온갖 고생 가련코도 가련하구나.
백발 되도록 병적에 이름 올라 있으니
죽어 구원[1]에 가야지만 어깨를 쉬리라.[2]

結髮從軍幾戍邊。一生辛苦最堪憐。
白頭名籍猶編伍、直到九原方息肩。

---

1 『예기(禮記)』「단궁 하(檀弓下)」에 “조문자가 숙예와 더불어 구원(九原)을 구
  경하였는데, 문자가 말하였다. ‘죽은 이들을 만약 일으킬 수 있다면 나는
  누구를 따라 돌아갈까.’[趙文子與叔譽觀乎九原 文子曰 死者如可作也 吾誰與
  歸]” 구원은 춘추시대 진(晉)나라 경대부(卿大夫)들의 묘지가 있던 곳으로,
  일반적으로 무덤을 뜻한다.
2 『춘추좌씨전(春秋左氏傳)』‘양공(襄公) 2년’조에, “정나라 성공이 병을 앓자,
  자사(子駟)가 진(晉)나라에 식견(息肩)하기를 청하였다.[鄭成公疾 子駟請息
  肩於晉]” 하였다. 식견(息肩)은 짐을 내려놓고 어깨를 쉰다는 뜻이다.

적병행
籍兵行

조정에서 난리 날까 미리 대비하느라고[1]
어사들이 동쪽 남쪽 사방으로 나왔네.
왕의 신하 호령하려면 위엄부터 세워야 하니
임무 중한데 어느 겨를에 백성 참상을 슬퍼하랴.
먼저 매를 치면서 여러 고을 닦달하니
고을들이 덜덜 떨며 풍문 듣고 놀라네.
병자 머슴 뽑아서 눈앞의 다급함부터 때우고
다박머리 어린애까지 뽑아서 항오를 채웠네.
삼 년 동안 분주하게 병적[2]이야 작성했건만,
닭도 개도 끼어들어 이름뿐인 장부가 되었네.
항오 중에 반나마 이름만 있는[3] 자라
병영에는 파리한 군사들만 남았구나.

———

◇ 이 시는 창작 시기에 관계없이 편집된 『학봉일고』 권1에 실려 있는데, 어사
  시기에 지은 듯하여 정황상 여기에 편집하였다. 적병(籍兵)은 군적(軍籍)을
  작성한다는 뜻이다. 행(行)은 노래의 가사처럼 지은 시를 뜻하는데, 유창하
  고 속도감이 있다. 가(歌), 곡(曲), 인(引)과 크게 다르지 않은데, 하고 싶은
  말이 많아서 길어지는 수가 많다.

1 『시경(詩經)』 「빈풍(豳風) 치효(鴟鴞)」에 "날이 흐리고 비 오기 전에 저 뽕나
  무 뿌리를 캐어다가 문을 튼튼히 얽어 두면, 지금 이 아래 있는 사람들이
  우리를 감히 업신여길쏘냐.[迨天之未陰雨 徹彼桑土 綢繆牖戶 今女下民 或敢
  侮予]"라고 하였다. 음우(陰雨)를 대비한다는 말을 국난이 일어나기 전에 무
  비(武備)를 갖춘다는 뜻으로 많이 썼다.

이들마저 빚쟁이 장수[4]의 강탈에 시달려
창에 기대 궁리해도 살아갈 길 없다보니,
잇달아서 도망쳐 마을마다 텅텅 비어
밭에는 풀이 뒤덮여 경작하는 사람 없구나.
군영에선 정한 숫자 채우라고 나무라며
날마다 문서 보내어 교체병을 재촉하네.
한 장정이 떠돌면 구족이 다 시달려[5]
외진 시골마다 원통하다 울부짖네.
외적이 오기 전에 나라 근본이 기울어져
천리가 어수선해 병화를 겪은 것 같구나.
내 들으니, 맹자가 제나라[6]에서 유세할 때
나라 다스림은 장정 뒤져 모으는 데 있지 않고
부역 조세 가볍게 해 백성 부유하게 한 뒤
효제충신을 백성들의 마음 속에서 닦게 하면,
임금 어른 잘 섬겨서 나라 절로 강성해져
진나라 초나라도 채찍질할 수 있다 했네.
어찌 구차하게 군사들을 점고하여
부질없이 백성들을 지치게[7] 한단 말인가.

---

2 원문의 척적(尺籍)은 군령(軍令)이나 군액(軍額)을 기록하는 문서로, 병적(兵籍)을 가리킨다. 예전에 한 자[尺] 정도의 판(板)에 적었으므로 척적이라 하였다.

朝家有備先陰雨、繡衣四出東南行。
王臣號令在立威、任重豈暇哀疲氓。
先將捶楚鞭列城、列城震慴聞風驚。
抽贏括僻救目前、團結不遺垂髫嬰。
三年奔走尺籍成、鷄犬亦與編空名。
行間半是影射人、列閣只餘尫羸兵。
羸兵更被債帥侵、倚矛無計安其生。
逋逃相繼邑聚空、野田草沒無人耕。
軍前猶責見在數、文字日日催瓜更。
一夫流離九族痡、窮鄕處處冤號聲。
外寇未至邦本傾、千里騷然兵火經。
吾聞鄒孟說齊梁、爲國不在搜民丁。
輕徭薄賦先富庶、忠信孝悌因民情。
親君事長勢自壯、折箠可笞秦與荊。
何必區區事蒐乘、空使赤子魴尾赬。

---

3 영사차역(影射差役)은 … 그 해에 역을 지지 않는 호에 거짓으로 기재하여
   자신이 담당해야 할 해를 건너뛰거나, 혹은 역이 면제된 인호에 거짓으로
   기재하여 역의 징발을 면하고자 하는 것이다.[詭寄于役過年分 或詭寄于應免
   人戶 各圖免差役] −『대명률집설부례(大明律集說附例)』권3 27장

4 빚을 진 장수라는 말로, 뇌물을 바치고 장수가 된 사람을 비웃는 말이다.
   당나라 대종(代宗) 시기에 정치가 부패하여 장수가 내관에게 뇌물을 바쳐야만
   벼슬을 얻었는데, 돈 없는 자는 돈을 꾸어 뇌물로 바치고 벼슬을 얻은 뒤에는
   백성에게 수탈하여 곱절의 이자를 갚았으므로 채수(債帥)라고 하였다. 그런
   데 고우(高瑀)의 명이 있은 뒤부터 "천하에 빚쟁이 장수가 없어졌다.[天下無債
   帥]"라는 말이 생겨났다. −『당서(唐書)』권171 「고우열전(高瑀列傳)」

5 구족은 위로 고조부터 곁으로 삼종형제, 아래로 현손에 이르기까지 3개월
   복을 입는 친족을 가리키는데, 모든 친족을 뜻한다. 이 시에서는 군정(軍丁)
   이 도망가거나 사망하여 군포를 내지 못할 때 이를 일족(一族)에게서 징수하
   는 족징(族徵)에 시달린다는 뜻이다.

6 　원문의 제량(齊梁)은 제나라 선왕(宣王)과 양혜왕(梁惠王), 즉 위나라 혜왕을 가리킨다.『맹자』권1「양혜왕 상」과 권2「양혜왕 하」에 두 왕에 대한 유세 이야기가 실려 있다.

7 　방어는 꼬리가 붉어지고, 왕실은 불타듯 어지럽구나[魴魚赬尾 王室如燬] – 『시경』「주남(周南) 여분(汝墳)」방어의 꼬리는 본래 희지만 과로하면 붉어진 다는 뜻으로, 백성들의 고역(苦役)을 비유한 말이다.

부용당에서 율곡 이이의 제공 시에 차운하다[1]
芙蓉堂次李栗谷珥諸公韻

옥루로 걸음 날려 바람을 타고 가니
맑은 기운 아침부터 푸른 들판에 닿았구나.
발 아래의 연꽃은 움직이지 않으니
물 속에 몇 뿌리나 향기로운 줄기를 감추었나.[2]

玉樓飛步趁輕涼。爽氣朝來接莽蒼。
脚下芙蓉花未動、水心藏得幾莖香。

◇ 『율곡전서』 권2에 율곡이 지은 원운이 실렸는데,「부용당에서 방백 대중,
  도사 가응, 계헌과 같이 한잔 하다[芙蓉堂與方伯大仲都事嘉應及季獻小酌]」라
  는 제목이다. 계헌은 이이(李珥)의 아우 이우(李瑀)의 자(字)이다.
1 당은 해주에 있다. 임진년 난리 때에 왜장(倭將)이 본주를 점거하고 있으면
  서 벽에 씌어 있는 여러 시를 다 철거하였지만, 선생의 시가 씌어진 현판만은
  남겨서 채색 비단으로 싸 두었다. 그리고 온 고을의 관청과 민가들이 다
  불탔는데도 부용당만은 홀로 면하였으니, 왜놈들도 역시 공경하여 복종할
  줄 안 것이 이와 같았다. (원주)
2 당은 연못 안에 있는데, 돌기둥 위에 지었다. (원주)

한국전쟁에 소실되기 전의 해주 부용당 모습.
2003년에 복원하여 국보급 제68호로 지정했다.
[국립중앙박물관『한국서화도록』27집]

허사포에서 어머님의 기일을 만나다
許沙浦遇慈親忌日

어머님[1]과 이별한 지 사십 년이 되고보니[2]
늘어뜨려 땋던 머리 이젠 이미 희어졌네.
나그넷길이라 향화를 올릴 길이 없기에
남쪽 하늘 바라보니 눈물이 샘솟누나.

一別萱闈四十年。垂鬈今日已華顚。
客中無計供香火、哭望天南淚迸泉。

---

1   『시경(詩經)』 위풍(衛風) 「백혜(伯兮)」에 "어디서 훤초를 얻어다가 뒤곁에
    심을까.[焉得諼草 樹之背]"라고 하였다. 훤초를 먹으면 근심을 잊는다고 하
    여 망우초(忘憂草)라고도 하며, 어머니가 계신 곳을 훤당(萱堂)이나 훤위(萱
    闈)라고 한다.
    학봉의 어머니는 여흥민씨(驪興閔氏) 세경(世卿)의 따님이다.
2   학봉은 9세 되던 1546년 6월에 모친상을 당하였다.

102

금성록 錦城錄

◇ 『금성록(錦城錄)』은 황해도 순무어사를 마치고 7월에 나주목사로 부임하여 1586년 12월까지 3년 반 동안 지은 시들을 편집한 시고이다. 연보에 이렇게 설명하였다.

"8월에 부임하였다. - 임지에 도착하여서는 날마다 사모관대를 갖추고서 백성들을 대하였는데, 춥거나 덥다는 이유로 폐하지 않았다. 정사를 함에 있어서는 반드시 불쌍한 자들을 도와 주고 세력이 강한 자를 억누르는 것을 우선으로 하였으며, 자신의 몸가짐을 더더욱 엄하게 하였다. 또 민정(民情)이 막힐까 두려워하여 북 하나를 내걸어 놓고 영을 내렸다. '원통한 일을 하소연하고 싶은 자가 있으면 와서 쳐라.' 그러자 일이 막히는 법이 없어서 위아래가 서로 화합하였고, 온 도의 송사(訟事)가 모두 모여들었으나 판결하는 것이 물 흐르는 듯하였으며, 백성들을 어루만지고 아전을 잘 단속하여 정사를 잘 한다는 소문이 크게 떨쳐졌다. 그러자 주상께서 표리(表裏) 한 벌을 하사하고 글을 내려 포상하면서 유시하셨다. '그대가 굳세고 밝게 다스리면서 송사를 판결하는 데 있어 흔들리지 않는 탓에 간사하고 교활한 자들은 매우 꺼리나 백성들은 편하게 여긴다는 것을 알았다. 몹시 가상하게 여긴다.'"

103

대곡서당[1]의 공사를 감독하다가 우연히 진퇴체進退體[2]의 시구를 얻어서 여러 유생들에게 보이다

갑신년(1584). 이하는 『금성록錦城錄』이다

大谷書堂董役偶得進退體示諸生

푸른 시내가 옥 울리며 푸른 산을 감돌고
골짜기 깊숙하여 경내 절로 한가롭구나.
산 속 집은 가리어져 민가와 떨어져 있고
구름이 트인 곳에 바다가 드넓네.
누가 알랴 선비들이 공부하는 서당이
심상하게 성과 시장 사이에 있을 줄이야.
학문을 흥기시키려는 여러 선현들의 뜻 덕분에
오두[3]도 또한 역시 글 물결을 건너네.

碧溪鳴玉抱靑巒。洞府幽幽境自閒。
岜幌掩來煙火隔、雲關開處海天寬。
誰知俊造藏修地、只在尋常城市間。
多賴諸賢興學意、遨頭亦與涉文瀾。

---

1 나주 금성산(錦城山) 기슭에 있는 서원으로 한훤당(寒暄堂) 김굉필(金宏弼),
 일두(一蠹) 정여창(鄭汝昌), 정암(靜庵) 조광조(趙光祖), 회재(晦齋) 이언적
 (李彦迪), 퇴계(退溪) 이황(李滉) 등 오현(五賢)을 향사(享祀)하였다.

2 율시에서 운자(韻字)를 쓰는 격식 가운데 하나로, 한 수의 시에서 두 개의
 비슷한 자를 압운(押韻)으로 하여 격구(隔句)마다 운자를 전환하는 시체
 (詩體)이다. 이 시에서는 1구와 3구에 평성인 산운(刪韻)을 쓰고, 2구와 4구
 에는 한운(寒韻)을 썼는데, 진퇴격(進退格)이라고도 한다.

대곡서당은 1609년에 경현서원으로 사액을 받았으며, 1693년에 학봉과 고봉 기대승을 추가배향하였다. 대원군의 서원철폐령으로 1868년에 훼철되었다가 1977년에 복원되었다.
[나주시 향토문화유산 제17호]

3　『성도기(成都記)』에 "태수가 두자미(杜子美)의 초당(草堂)에 나와서 놀고 잔
　치하면 사녀(士女)들이 너른 뜰에 의자를 늘어놓고 앉아서 구경하는데, 이
　의자를 오상(遨牀)이라 하였다. 태수는 놀이의 우두머리라는 뜻에서 오두라
　하였다."라고 하였다. '오두(遨頭)'는 수령을 뜻하는 말로, 여기서는 나주목
　사인 학봉 자신을 가리킨다.

'신별贐別'시에 공경히 차운하다
敬次贐別 二首

헤어지며 속에 든 시름을 참지 못해
나서부터 안 마신 술을 억지로 들이킵니다.
취한 속에 날 저물어 돌아갈 곳을 잊었으니
제 말이 곧바로 강 건널까 두렵습니다.

不耐臨分愁滿腔。生來不飲强傾缸。
陶陶薄晚忘歸處、却怕飛驂旋渡江。

크게 부른 노래를 누가 다시 화답하려나
시름 많다보니 술만 괜히 바닥까지 들이킵니다.
세상 길이 험난하여 발 붙이기 어려우니
어느 날에야 도롱이 걸치고 가을 강에서 낚시하려는지요.

唱高誰復和徽腔。愁亂空敎酒盡缸。
世道崎嶇難着脚、理蓑何日釣秋江。

◇ 약봉공(藥峯公)의 증별(贈別) 운이다. (원주)
　약봉은 학봉의 큰형인 김극일(金克一)의 호이다. 신(贐)은 길 떠나는 친지에
게 선물로 주던 노잣돈인데, 문인끼리는 선물삼아 글도 지어 주었다.
　『학봉일고』권1 뒤에 실린 시인데, 시기가 명확치 않아 여기에 편집하였다.

큰형님의 만사 을유년(1585)
伯氏挽詞

2.

아홉 살에 어머님 돌아가시어 외롭게 되자
어린 제가 형님 따르며 유독 사랑을 받았습니다.
가르치고 길러 주신 은혜와 의리 지극하니
입신하고 양명한 것이 오로지 부형 덕이었습니다.
십 년 동안 비바람 속에 한 방에서 잠을 잤으며
삼 년 동안 고향 선산 아래에서 살았습니다.
은혜 갚지 못했는데 상여가 멀리 떠나니
부질없이 눈물 흘러 구천까지 적십니다.

零丁九歲失慈天。少小隨兄荷愛偏。
教育已兼恩義至、立揚專倚父兄賢。
十年風雨牀頭夢、三載松楸壟上阡。
未報深恩仙馭遠、空教涕淚徹重泉。

3.

푸른 하늘 말이 없이 어둡기만 하니
집안에 오랫 동안 화 내려져 통곡하노라.
아버님 돌아가셔서[1] 피눈물 막 닦았는데
지난해에 척령이 날개 또 꺾였구나.[2]
한 형님과 두 동생이 서로 의지하며
양쪽 땅에서 삼 년 동안 그리워 하였는데,
어찌 뜻했으랴 지금 문득 돌아가셔서
변방에서 뵙지 못하게 될 줄이야.

蒼天無語但冥冥。痛哭門閭禍久嬰。
風樹去年纔拭血、鶺鴒前歲又摧翎。
一兄二弟相依命、兩地三秋共結情。
豈意如今便長往、投荒未及見儀刑。

---

1 공자가 길을 가는데 고어(皐魚)라는 사람이 길에서 칼을 안고 슬피 울고 있기
  에 까닭을 물었더니, "나무는 고요하고자 하여도 바람이 그치지 않고, 자식
  이 봉양하고 싶어도 어버이는 기다려 주지 않는다.[樹欲靜而風不止 子欲養而
  親不待]"라고 하고는, 서서 울다가 말라 죽었다는 이야기가 『한시외전(韓詩
  外傳)』 권9에 실려 있다.
2 『시경』 「소아(小雅) 상체(常棣)」의 "할미새가 언덕에 있으니, 형제가 위급함
  을 구원하네.[脊令在原 兄弟急難]"라는 구절에서 척령(鶺鴒)이 형제를 뜻하
  는 말이 되었다. 학봉의 둘째 형인 김수일(金守一)이 1583년에 죽었다.

큰아들 집潗에게 주다
與長兒潗

집안이 흥하고 망하는 것은

자손들이 잘났나 못났나에 달려 있느니라.

너의 착한 말 한마디 듣고 나니

감격스런 눈물이 절로 흐르는구나.

사해가 모두 동포라니[1]

하물며 친동기 사이겠느냐.[2]

어렸을 때는 어미 젖을 같이[3] 먹었고

밥 먹을 땐 밥상머리 함께 앉았지.

배우지 않고서도 알고 하는 것[4]

공경하고 사랑하는 건 타고난 건데,

◇ 병술년(1586) 8월 13일에 나주로 근친 온 큰아들에게 여종 2명을 주었는데, 큰아들이 형제들 가운데 가난한 사람에게 나누어 주기를 청하면서 굳이 사양하였으므로, 술 취한 가운데 붓을 가져오라고 하여 이를 기록하였다.

1 사람들은 모두 형제가 있는데 자기만 없다고 사마우(司馬牛)가 걱정하자, 자하(子夏)가 말하였다. "군자가 공경하여 잘못되는 일이 없고 사람을 공손하게 대하면서 예의를 지키면, 온 세상 사람들이 모두 형제가 된다. 군자가 어찌 형제가 없는 것을 걱정하는가.[君子敬而無失 與人恭而有禮 四海之內皆兄弟也 君子何患乎無兄弟也]"―『논어(論語)』「안연(顏淵)」

2 어떤 본에는 '시(是)'가 '내(乃)'로 되어 있다. (원주)

3 어떤 본에는 '동(同)'이 '공(共)'으로 되어 있다. (원주)

4 맹자가 "사람이 배우지 않고도 할 수 있는 것이 양능이고, 생각하지 않고도 아는 것은 양지(良知)이다[人之所不學而能者 其良能也 所不慮而知者 其良知也]"라고 하였다. ―『맹자』「진심(盡心) 상」

어찌하여 점점 더 자란 뒤에는

차츰 그 천성을 잃게 되는지.

다른 살림을 차린 뒤에는

처자식만 눈앞에 가득 보여서,

모르는 새 내껏과 네껏 챙기며

한 집안 형제간에 서로 싸우니,

하찮은 이끗 놓고 서로 다투느라

어느 누가 골육간 정을 생각하겠느냐.

형은 배부른데도 동생은 입에 풀칠이나 하고

동생은 떠는데도 형은 솜옷을 입어[5],

지친간에 초나라와 월나라 같으니

빈부 차이가 서로 현격하구나.

그런 자들이야 어찌 말할 게 있으랴

조상께서 내려주신 가훈이 있으니,

우리 집안은 본디 한미했건만

대대로 청전(靑氈)만은 지켜 왔느니라.[6]

5　원문은 황면(黃綿)인데, 가늘게 짠 명주를 색깔에 따라 자면주(紫綿紬), 황면
　　주(黃綿紬) 등으로 구분한다. 황면을 넣어 만든 솜옷 황면오자(黃綿襖子)는
　　추운 겨울에 뜨는 태양에 비유할 정도로 따뜻했다. 송나라 나대경(羅大經)의
　　『학림옥로(鶴林玉露)』「병편(丙編) 1」에 "임인년 정월에 열흘 내내 눈이 내리
　　다가 갑자기 날이 개자, 마을의 남녀 노인들이 서로 경하하며 '황면오자가
　　나왔다.'라고 하였다.[壬寅正月 雨雪連旬 忽爾開霽 閭里翁媼相呼賀曰 黃綿襖
　　子出矣]"라는 말이 나온다.

6　청전은 선대(先代)로부터 전해진 귀한 유물을 가리키는데, 여기서는 대대로
　　벼슬자리를 잃지 않았다는 뜻이다. 왕헌지(王獻之)가 누워 있는 방에 도둑이
　　들어와서 물건을 모조리 훔쳐 가려 하자, 그가 "도둑이여! 푸른 모포는 우리

양대에 걸쳐 재산 나눈 문서 없으니

누가 보명처럼 밭을 다투겠느냐.[7]

항상 못난 나 자신이 부끄럽더니

집안 명성이 네 덕분에 전하게 되겠구나.

네가 이 생각을 확충해 가면

어찌 지난 허물만을 덮겠느냐.

요순 두 분이 비록 큰 성인이지만

효도하고 공경하면 그 경지에 이르리라.

맹자께서 밝혀 놓은 사단(四端)[8]의 말씀을

확충하면 샘물 흘러 바다까지 이르리.[9]

───────

집안의 유물이니, 그것만은 놓고 가는 것이 좋겠다[偸兒 靑氈我家舊物 可特置
之]"고 하였다. 그러자 도둑이 그대로 두고 달아났다고 한다. -『진서(晉書)』
권80「왕희지전(王羲之傳) 왕헌지(王獻之)」

7 다산 정약용도『목민심서』에서 보명 형제가 밭을 다투던 사건을 예로 들어,
형제 간에 송사하지 말라고 타일렀다.
"소경(蘇瓊)이 남청하 태수(南淸河太守)가 되었을 때, 을보명(乙普明)이란 백
성이 형제끼리 전지(田地)를 다투었다. 여러 해 동안 결판이 나지 않아서
각각 증인(證人)으로 세운 사람이 1백여 명에 이르자, 소경이 을보명 형제를
불러 타일렀다. '천하에 얻기 어려운 것은 형제이고, 구하기 쉬운 것이 전지
이다. 전지를 얻었다 하더라도 형제의 마음을 잃는다면 어찌하겠느냐?'하
고, 눈물을 흘리니, 모든 증인들도 눈물을 흘리지 않는 자가 없었다. 을보명
형제가 머리를 조아리며 '밖에 나가서 다시 생각하겠다' 하고, 분가(分家)한
지 10년 만에 다시 한 집에서 살았다."

8 인(仁)·의(義)·예(禮)·지(智)의 단서가 되는 네 가지 마음씨로, 측은지심(惻
隱之心)·수오지심(羞惡之心)·사양지심(辭讓之心)·시비지심(是非之心)을 가
리킨다.

9 맹자가「진심 상(盡心上)」에서 양지(良知)와 양능(良能)을 설명한 뒤에, "어
린아이 가운데 자기 어버이를 사랑할 줄 모르는 자가 없고 커서는 자기 형을
공경할 줄 모르는 자가 없는데, 어버이를 친애하는 것은 인에 속하고 윗사람

네가 성인의 훈계를 체득하려면
마음속의 저울로 헤아려 보아라.

門戶之興替、子孫賢不賢。
聞汝一言善、感淚自漣漣。
四海皆同胞、況是一氣連。
孩提同母乳、飲食卽同筵。
良知與良能、敬愛本自然。
奈何浸成長、稍稍失其天。
及其分門籍、妻兒滿眼前。
物我便相形、牆內尋戈鋋。
有利爭錐刀、誰念骨肉緣。
兄飽弟糊口、弟寒兄黃綿。
至親若楚越、貧富任相懸。
彼哉何足道、家訓在祖先。
吾門本寒素、世世守靑氈。
兩代無契券、疇爭菩明田。
常愧我不肖、家聲汝又傳。
充汝此一念、何但蓋前愆。
堯舜雖大聖、孝悌可至庥。
鄒孟炳四端、擴充如達泉。
汝如體聖訓、請度心之權。

을 공경하는 것은 의에 속한다.[孩提之童 無不知愛其親也 及其長也 無不知敬
其兄也 親親仁也 敬長義也]"라고 말하였다. 「공손추 상(公孫丑上)」에서는 사
단(四端)을 설명한 뒤에, "내 속에 들어 있는 이 사단을 모두 확충할 줄 알아
야 한다.[凡有四端於我者 知皆擴而充之矣]"라고 말하였다.

112

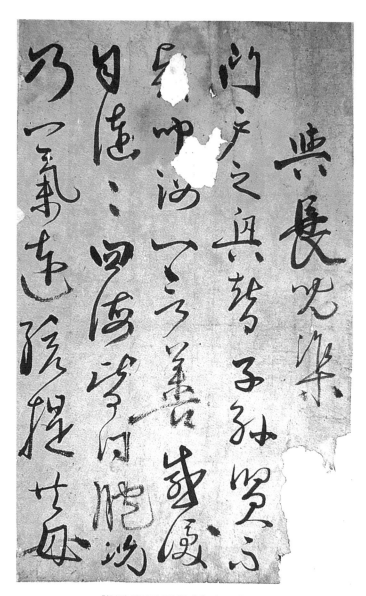

학봉이 맏아들 집(潗)에게 써 준 친필 시

113

조각배에 술동이 싣고

나무마다 단풍 물들어 곳곳이 새로우니
만나는 곳마다 모두가 정겹구나.
술동이 싣고서 조각배[1] 떠 가니
아득한 강과 하늘 그림 속에 내가 있네.

樹樹楓光處處新。逢場盡是意中親。
一樽載得扁舟去、漂渺江天畵裏身。

◇ 이 시는 문집에 실리지 않고 학봉 친필로만 남아 있다. 지은 시기가 명확치
않은데, 정황상 학봉이 나주목사 시절 적벽(赤壁)에서 노닐던 날 지은 시
같아 잠정적으로 여기에 편집하였다.

"동복(同福)은 호남에서 풍광이 아름다운 곳으로 손꼽히는데, 기이하면서도
아주 뛰어나 경내에서 으뜸 가는 명승지로는 적벽(赤壁)이 있을 뿐이다. 내
가 계미년(1583) 가을에 부절(符節)을 차고 금성(錦城)에서 목사로 있었다.
… 병술년(1586) 가을에 동복현감으로 있던 돈서(惇敍) 김부륜(金富倫)이 편
지를 보내와, "가을이고 또 기망(旣望)인데, 바람과 달빛이 둘 다 맑으며,
강과 산은 예전과 같다. 만약 옛날의 고사를 이룰 수만 있다면 바로 소선(蘇
仙)이 되는 것이다. 그러니 한번 유람하지 않겠는가?"하였다. …
조화우가 「전적벽부(前赤壁賦)」한 장을 노래하자 종자로 하여금 통소를 불
어 화답하게 하였다. … 술잔을 서로 돌리면서 웃고 떠드는 사이에 술이 깬
사람은 돌아가기를 잊었고, 술에 취한 자는 그대로 그 자리에 쓰러졌다. 한
참 뒤에 술잔 위가 홀연히 어둠침침해지더니 땅 위에 사람 그림자가 비치지
않았다. 술에 취한 눈으로 바라보니 보이는 건 오직 피어오르는 물안개와
흐릿한 달빛뿐, 사람들의 모습은 안개에 싸여 있었으며, 상하 사방을 분간할
수가 없었다. …

학봉이 쓴 친필시에 제목이 없다.

주인이 미리 시냇물 가운데에 임시로 배를 마련해 놓고 그 위에 상을 하나
놓아 두었는데, 두세 명이 둘러앉을 만하였다. … 이에 시내 한 가운데에서
닻줄을 풀고 물가를 따라 오르락내리락하면서 마음내키는 대로 떠다녔다.”
―『학봉속집』 권5「유적벽기(遊赤壁記)」병술년(1586)

1 소동파의 〈전적벽부(前赤壁賦)〉에 “하나의 잎사귀 같은 조각배를 타고서,
   바가지 술잔 들어 서로 권한다.[駕一葉之扁舟 擧匏樽以相屬]”라고 하였다.

고을의 선비 이언당과 말을 하다가 을사년 일을 말하게 되니 감개가 일어 절구 한 수를 읊다

與州士李彦謹話及乙巳事感慨係之仍賦一絶

평생 태산북두처럼 하서를 앙모하였으니
못난 나는 지금도 한이 남았네.
금호가 목숨 마치던 날 일을 말하지 말라
큰바람이 바다 엎고 검은 구름 깔리네.

平生山斗仰河西。蟲鵠如今恨未齊。
莫語錦湖終命日、大風飜海黑雲低。

◇ 하서(河西) 김인후(金麟厚)가 을사년(1545) 사화(士禍) 뒤에 관직을 버리고
    벼슬하지 않았다. 금호(錦湖) 임형수(林亨秀)는 고을의 뜰에서 사약(賜藥)을
    받았다고 한다. 이날 밤에 큰바람이 불고 구름이 짙게 끼었다. (원주)

금성록錦城錄 이후

◇ 나주목사에서 해임되어 12월에 돌아온 뒤에 한동안 벼슬이 없었다. 1587년
2월에 주왕산을 유람하며 많은 시를 지었고, 3월부터 석문정사를 짓기 시작
하였으며, 완성된 뒤에는 자주 머물며 시를 지었다.

1587년 8월에 종부시 정(宗薄寺正)에 올랐다가 얼마 안 있어 봉상시 정(奉常
寺正)으로 옮겼다. 1589년 10월에 예빈시 정(禮賓寺正)으로 옮겼는데, 마침
일본 관백(關白) 도요토미 히데요시(豐臣秀吉)가 외교승 겐소(玄蘇)를 보내
어 통호(通好)하기를 청하였으므로 이들을 접대하며 시를 주고받았다. 1590
년 통신사 부사로 일본에 파견되기 전까지 지은 시들을 여기에 편집한다.

청학동에 들어가니 학소대鶴巢臺의
승사僧舍가 모두 텅 비어 있었다
入靑鶴洞鶴巢僧舍皆空

학 떠나고 암자는 비어 온 산에 눈만 가득하니

동천에 주인 없어 흰 구름 한가롭구나.

봄 깊으면 둥지 찾아 오는 학이 있으리니

수레에다 멍에 매어 달빛 띠고 돌아오리.[1]

鶴去庵空雪滿山。洞天無主白雲閒。

春深定有尋巢犵、曾駕車輪帶月還。

---

1 눈 속에 절을 찾아간 탓에 생각대로 두루 다 보지 못하고 다시 유람할 것을
   약속하였으므로 이렇게 말하였다. 학은 매년 부화할 때마다 둥지로 돌아온
   다. (원주)

주왕산에 들어가 용담龍潭에서 노닐려고 하다가,
철벽이 하늘 높이 솟아 있어 겁이 나서 중간에 되돌
아왔기에 서글픈 느낌이 들어서 짓다 정해년(1587)
入周王山將遊龍潭鐵壁參天畏險中返悵然有作

용연에서 떠오른 해가 자하성¹을 비추니
산의 색깔이 흰 눈처럼 밝구나.
지척간인 붉은 사다리²를 올라가지 못하고
흰 구름을 돌아보니 속세 일이 부끄러워라.

龍淵初日射霞城。嶽色仍將雪色明。
咫尺丹梯攀未得、白雲回首愧塵纓。

1　주방산성(周房山城)은 돌로 쌓았는데, 둘레가 1,450척이다. 삼면(三面)은 하
　늘이 만든 천험(天險)이다. 안에 두 개의 시내가 있다. ―『신증동국여지승람』
　권24「청송도호부」
　주왕산에 주방산성(周房山城)이 있는데, 역사서에는 근거가 없지만 신라 왕
　자인 김주원(金周元)이 고려의 군사를 막기 위하여 쌓은 성이라고 한다. 학
　봉은 다른 시에서도 이 성을 자하성(紫霞城)이라고 하였다.
2　원문의 단제(丹梯)는 대개 운하(雲霞) 속에 잠긴 높은 산봉우리를 말하는데,
　도(道)를 묻기 위해 산 위의 신선세계로 올라가는 길을 가리키기도 한다.
　조정(朝廷)의 뜻으로 쓰는 시인도 있다.

119

산속에 별세계가 있다는데[3]
옥루[4]의 어느 곳에 신선들이 모였을까.
용궁에는 대낮에도 번개치고 벼락쳐서
근원을 물으려 해도 물을 길이 없구나.

聞道山中別有天。玉樓何處集飛仙。
龍宮白日雷霆怒、欲問眞源卻惘然。

---

3 이백(李白)의 「산중문답(山中問答)」에 "내게 무슨 맘으로 청산에 사느냐고
   묻기에, 웃고 대답 안 하니 마음 절로 한가롭구나. 복사꽃 흐르는 물에 아득
   히 흘러가니, 여기는 별천지요 인간 세계가 아니라네.[問余何意棲碧山 笑而
   不答心自閑 桃花流水杳然去 別有天地非人間]" 하였다.
4 곤륜산(崑崙山) 정상에 신선이 사는 현포(玄圃)가 있는데, 이곳에 다섯 금대
   (金臺)와 열두 옥루(玉樓)가 있다고 한다. -『십주기(十洲記)』「곤륜」

까치들이 바위에 자란 나무에 둥지를 틀었는데, 나무가 정사精舍를 가로막기에 베어 버렸다. 그러자 까치들이 또 그 곁에 둥지를 지었기에 느낌이 있어서 읊다 무자년(1588)

有鵲來巢巖樹樹礙精舍乃伐之鵲又巢其傍感而賦之 二首

석문에 그윽하게 머물 자리를 잡고는
해를 이어 경영해도 끝마치지 못했는데,
가지 끝에서 쌍으로 기뻐하는 저 까치들이
두 둥지를 열흘 만에 모두 다 지었구나.

石門爲卜幽栖地、連歲經營未僝功。
可是枝頭雙喜鵲、兩巢成就一旬中。

나를 따라 남쪽 가지를 택한 네가 어여쁘니
마치 내 뜻 아는 듯이 아침저녁 깍깍 우는구나.
세상에서 버림받아도 새들은 꺼리지 않으니
이 언덕에서 애오라지 너희와 함께 지내리라.

憐渠隨我擇南枝。朝暮楂楂若有知。
世棄不妨群鳥獸、一丘聊與爾爲期。

운정雲亭에 도착해서 조카 용에게 보여 주다
到雲亭示涌姪

방의 천장에 두보杜甫의 율시 72수가 씌어 있는데, 둘째 형님이 직접 쓴
것이기에 느낌이 있어서 읊었다

묵은 자취 어디에서 찾을 수 있나
나무로 된 천장에 은빛 갈고리[1] 거꾸로 있네.
정신은 밝은 해와 빛을 다투건만
아름다운 옥은 황천에 묻히셨네.

陳迹尋何處、銀鉤倒木天。
精神爭白日、奎璧掩黃泉。

---

1   진(晉)나라 색정(索靖)이 서법(書法)을 논하면서 "멋지게 휘돌아 가는 은빛
    갈고리[婉若銀鉤]"라는 표현으로 초서를 형용하였다. 『진서(晉書)』 권60 「색
    정전(索靖傳)」에 보인다.

퇴도 선생이 지으신 시에 공경히 차운하다

敬次退陶先生韻 二首

이치가 어지러워 인심 쉽게 무너지니
어느 날에 몽매함을 쳐서 성관[1]을 열려나.
스승을 찾는 게 괜한 일이 아니니
삼태기 흙을 쌓아 아홉 길 산을 이루기 위해설세.[2]

理汩人心易就殘。擊蒙何日啓誠關。
尋師不是閑追逐、累簣將成九仞山。

온 세상 사람 거침없이 이단을 숭상하니
누가 다시 용감하게 강물 막아 돌리려나.[3]
상공께서 처음으로 심법을 천명하니
해와 달이 동해 사이에 다시금 떠올랐네.

渾世滔滔尙異端。障川誰復勇回瀾。
相公始闡傳心法、日月重昇東海間。

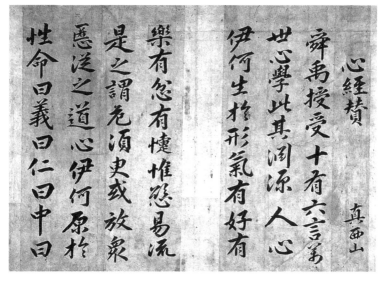

학봉 종가에 전해지는 퇴계 친필 「심경찬」

---

1 성관(誠關)은 성의관(誠意關)을 줄인 말로, 뜻을 성실히 하는 공부를 관문에
비유한 말이다. 주희가 『대학장구(大學章句)』의 「성의(誠意)」장을 설명하면
서 "이 관문을 통과하면 바야흐로 도를 깨달음이 확고해진다.[過此關 方得道
理牢固]"라고 한 데서 나온 말이다. -『주자어류(朱子語類)』권16

2 『서경』「여오(旅獒)」에 "작은 행동이라도 신중히 하지 않으면 결국에는 큰
덕에 누를 끼칠 것이니, 마치 아홉 길 산을 만들다가 한 삼태기의 흙이 부족
하기 때문에 그 공이 허물어지는 것과 같다.[不矜細行 終累大德 爲山九仞 功
虧一簣]"라고 하였다.

3 한유(韓愈)의 「진학해(進學解)」에, "온갖 냇물을 막아서 동으로 흐르게 하여,
이미 거꾸로 흐르는 데서 거센 물결을 끌어 돌렸으니, 선생은 유학에 힘쓰셨
다고 이를 만하다.[障百川而東之 回狂瀾於旣倒 先生之於儒 可謂勞矣]"하였다.

성징性澄에게 차운하여 주다
次贈性澄

여산에서 백련사 모임 만들었으니[1]
결사(結社) 주인이 바로 허씨와 지씨였네.[2]
차라리 처사의 술은 받을지언정
임해의 시는 받아들이지 않았네.[3]
들으니 그대는 명산에 산다던데
산중에선 어떤 일이 즐거웁던가.
소매에서 여룡주[4]를 꺼내어 드니
고사더러 알아달라는 말인 줄 알겠네.
내 그대의 결사에 들고자 하니
거절하는 깃대를 세우지 마시게.

廬山白蓮社、主社是許支。
寧容處士酒、不取臨海詩。
聞爾住名山、山中何所宜。
袖出驪龍珠、知爲高士知。
我欲入爾社、何用拒竿爲。[5]

1 동진(東晉)의 혜원법사(慧遠法師)가 여산의 동림사(東林寺)에서 승인(僧人)
   과 속인(俗人) 18명을 모아 염불하는 결사를 맺고 백련사(白蓮社)라고 하였
   는데, 불교 정토종(淨土宗)의 첫번째 결사(結社)이다.

2 허씨는 진나라 때 명사(名士)였던 허순(許詢)으로 선비를 가리키고, 지씨는
   진나라 때 고승이던 지도림(支道林)으로 승려를 가리키는데, 이들이 서로
   교유하면서 아주 친하게 지냈다. -『세설신어(世說新語)』「문학」

3 처사는 술을 몹시 좋아하였던 도연명(陶淵明)을 가리키고, 임해는 산수를
   좋아하였던 사령운(謝靈運)을 가리킨다. 사령운이 한번은 수백 명을 동원하
   여 시령(始寧)의 남산(南山)에서부터 임해(臨海)까지 나무를 베어내고 곧바
   로 길을 내니, 임해태수 왕수(王琇)가 크게 놀라 산적(山賊)이라 하였다.
   -『송서(宋書)』「사령운전」

4 여룡주는 깊은 물속에 사는 여룡의 턱 아래에 있다고 하는 보주(寶珠)로,
   진귀한 사람이나 사물을 비유하는 말이다. 이 시에서는 성징 스님의 시축(詩
   軸)을 가리킨다.

5 도연명은 백련사에 들어가기를 원하지 않았는데도 술을 빚어서 (들어오라
   고) 청하였으며, 사령운은 백련사에 들어가기를 원하였는데도 끝내 거절당
   하였으므로 두 번째 연에서 언급하였다. (원주)

서쪽으로 가는 황회원을 배웅하다
送黃會元西行 二首

2.

삼월에 솔 옮겨 심고 지금 대를 심었는데
이슬 맞는 부들과 서리 맞는 국화도 떨기져 자라네.
노인네가 하는 일을 그대 어찌 비웃는가
이들 길러 모름지기 조화옹의 공을 보려는 걸세.

三月移松今種竹、露蒲霜菊又成叢。
老人事業君何笑、並育須看造化功。[1]

◇ 회원은 황여일(黃汝一, 1556~1622)의 자로, 본관은 평해(平海), 호는 해월헌
   (海月軒)·매월헌(梅月軒)이다. 1585년 문과에 급제하여, 1601년 예천군수,
   1606년 성균관 전적, 1611년에 길주목사, 1617년에 동래진 병마첨절제사를
   역임하였다. 평해의 명계서원(明溪書院)에 제향되었으며, 저서에 『조천록
   (朝天錄)』, 『해월집(海月集)』 14권 7책이 있다.
1 황회원이 내가 소나무와 대나무를 심는 것을 보고 희롱하였으므로 언급하였
   다. (원주)

또다시 서애가 지은 시에 차운하다
又次西厓韻

그 당시 농운정사(隴雲精舍)에서 함께 방황할 때
한 번 뛰어 공당에 오른 이[1]가 누구시던가.
흰머리로 돌아와서 남기신 글 정리하니
그대 다시 재여의 담장에 흙손질을 하시게.[2]

隴雲當日共彷徨。一蹴何人躡孔堂。
白首歸來理餘韻、請君重杇宰予墻。

———

◇ 제생(諸生)들과 더불어 퇴계 선생의 문집을 교정하다가 느낌이 있어서 지었
　다. (원주)

1　공당은 공자(孔子)가 사는 집의 당이다. 공자의 문인들이 자로(子路)를 공경
　하지 않자, 공자가 말하기를, "유(由)는 당에는 올랐고, 아직 방에는 들어오
　지 못한 것이다." 하면서 자로를 추켜 준 이야기가 『논어』 「선진(先進)」에
　실려 있다. 학식이 이미 상당한 경지에 이른 사람이란 뜻인데, 이 시에서는
　퇴계에게 인정받은 제자라는 뜻이다.

2　학봉 자신이 교정한 퇴계 선생의 문집을 서애에게 다시 한번 교정해 달라는
　뜻이다. 재여(宰予)가 낮잠을 자자, 공자가 "썩은 나무는 조각할 수가 없고
　썩은 흙으로 쌓은 담에는 흙손질할 수가 없다." 하면서 꾸짖었다. ―『논어』
　「공야장(公冶長)」

왜승 죽계竹溪가 지은 시에 차운하다
次倭僧竹溪韻

역관 통해 우리 둘의 정을 나눌 수 있으니
어쩌다 만난 사이에 타국 태어난 걸 어찌 한탄하랴.
천공 역시 시인의 뜻 알아채고는
짐짓 눈꽃을 내려보내 빗소리 속에 섞는구나.

憑譯猶能導兩情。萍逢何恨異邦生。
天公亦解詩人意、故遣瓊花雜雨聲。

월천에게 부치다 위 2수는 원집에 들어 있다
寄月川 四首

누가 성인이고 누가 광인인가[1]
광인 되고 성인 됨은 첫 걸음에 달려 있네.[2]
천부적인 재주가 원래 정해졌다 말하지 마소
예로부터 가르침엔 일정한 도가 없었다오.

孰爲齊聖孰昏狂。狂聖幾關在濫觴。
莫道降才元有定、從來有敎本無方。

---

1 『서경』「다방(多方)」에, "아무리 성인(聖人)이라도 생각하지 않으면 미치광
   이가 되고, 미치광이라도 생각할 줄을 알면 성인이 된다.[惟聖罔念作狂 惟狂
   克念作聖]"고 하였다.
2 바탕이 비록 나쁘더라도 잘 돌이키면 천지(天地)의 성품이 보존되고, 바탕이
   비록 좋더라도 잘 돌이키지 못하면 천지의 성품이 상실된다. 그러므로 두
   번째 절에서 언급하였다. (원주)

월천 조목에게 부치다
寄趙月川穆

더러운 흙이 비록 썩긴 했지만
백 번을 씻으면 다시 깨끗해집니다.
악한 이도 상제를 섬기면
지난 날의 추함을 누가 꺼리겠소.

糞土縱腐朽、百洗還去累。
惡人事上帝、誰嫌前日醜。

마니주[1]가 맑고 밝긴 하지만
티끌 끼면 또한 더러워집니다.
서시[2]라도 오물을 뒤집어쓰면
전날의 아름다움을 누가 알아보겠소.

摩尼縱淸瑩、塵沙亦已累。
西子蒙不潔、誰知前日美。

◇ 월천은 조목(趙穆, 1524~1606)의 호이고, 자는 사경(士敬)이다. 퇴계의 문인
  으로, 1552년 생원에 합격한 뒤 과거를 포기하고 위기지학(爲己之學)에 전념
  하였다. 봉화현감 등 몇몇 관직에만 봉직하고 대부분 사양하였으며, 스승
  퇴계를 추숭하고 유지를 조술하여 후진을 양성하는 일에 힘썼다. 저서로는
  『월천집(月川集)』이 전한다.

1 불교 용어로, 보주(寶珠)의 음역이다. 당나라 두보의 「증촉승려구사형시(贈
   蜀僧閭丘師兄詩)」에, "오직 마니주가 있어서 탁수의 근원을 비출 수가 있다.
   [惟有摩尼珠 可照濁水源]"고 하였다.

2 원문의 서자는 미인 서시(西施)를 가리킨다. 『맹자』 「이루 하(離婁下)」에,
   "서자라도 오물을 뒤집어쓰면 사람들이 모두 코를 감싸쥐고 지나가지만, 추
   악한 사람일지라도 목욕하고 마음을 깨끗하게 하면 상제에게 제사를 지낼
   수 있다[西子蒙不潔, 則人皆掩鼻而過之, 雖有惡人, 齋戒沐浴, 則可以祀上帝]"
   고 하였다.

왜승倭僧 겐소玄蘇[1]에게 주다 기축년(1589)
贈倭僧玄蘇

일본 땅엔 푸른 산이 좋다던데
그대는 몇 번째의 산에 사는가.
마루창을 열면 푸른 바다가 드넓고
문 닫으면 흰 구름에 깊이 잠기겠지.
만 그루의 매화꽃은 눈같이 피고[2]
천 그루의 귤나무엔 금귤이 열리겠지.
차 달이는 솥과 불경 놓여 있어서
가는 곳마다 선하는 마음을 붙이는구나.

日域靑山好、君居第幾岑。
軒開蒼海闊、門掩白雲深。
萬樹梅成雪、千頭橘嫩金。
茶鎗與經卷、隨處著禪心。

◇ 1589년 7월 1일 겐소가 우리나라의 포로 김대기(金大機)·공대원(孔大元) 등
116인을 쇄환(刷還)하고 와서 통신사 파견을 요청하였다. 학봉이 10월에 예
빈시 정(禮賓寺正)이 되어 그들을 접대하였는데, 『연보』에서 이렇게 설명하
였다. "일본인 평수길(平秀吉)이 미나모토씨(源氏)를 멸하고 대신 관백(關白)
이 되어 그의 심복인 겐소(玄蘇)와 소 요시토시(平義智)를 보내 통호(通好)하
기를 청하였는데, 이들이 오래도록 동평관(東平館)에 머물러 있었다. 이때
선생이 해당 관원으로 있으면서 접대하였는데, 예에 맞게 주선하고 의리로
써 비유하여 인도하였으므로, 그들이 비록 다른 나라 종족이라고는 하지만
그때부터 이미 경복(敬服)하였다고 한다."

쓰시마 세이잔지(西山寺)에 겐소의 묘와 석상이 있다.

1 겐소(玄蘇, 1537~1611)는 에도시대 초기의 임제종(臨濟宗) 중봉파(中峯派) 승
려로 자는 게이테쓰(景轍), 호는 센소(仙巢)이다. 에이로쿠(永祿, 1558~1570)
연간에 하카다(博多) 쇼후쿠지(聖福寺) 주지로 재직했으며, 교토 도후쿠지(東
福寺)의 주지를 거쳐 1580년에 쓰시마도주 소 요시시게(宗義調)의 초빙을 받고
쓰시마로 건너가 일본국왕사(日本國王使)로서 조선외교를 담당했다. 1589년
도요토미 히데요시(豊臣秀吉)의 명을 받아 야나가와 시게노부(柳川調信)와
소 요시토모(宗義智)와 함께 조선에 와서 명나라를 치기 위해 길을 빌려달라는
요청을 하였고, 그 후 임진왜란이 발발하자, 고니시 유키나가(小西行長)와 함
께 다시 조선에 왔다. 도쿠가와 막부가 수립된 후 조선과의 수교를 회복하고자
하였는데, 1604년 조선 조정에서 손문욱(孫文彧)과 승장(僧將) 유정(惟政)을
파견하여 조선인 포로 3,500명을 쇄환할 적에 겐소가 조선수문직(朝鮮修文職)
에 있었다. 이테이안(以酊菴)에 묘를 안치하였으나 그 후 암자 그대로 세이잔
지(西山寺)로 옮겨 현재는 세이잔지에 목상과 함께 안치되어 있다.

2 1377년 일본에 사신으로 갔던 정몽주가 지은 시에 "정원에는 셀 수 없는
매화나무 있으니[園中無數梅花樹]" "눈처럼 떨어진 꽃이 못과 대를 덮었네[落
花如雪覆池臺]"라고 하였다.

해사록 海槎錄

◇ 『해사록(海槎錄)』은 학봉이 53세 되던 1590년 일본에 통신사(通信使)의 부사
로 오가는 동안 지은 글들을 편집한 책이다. 일반적으로 통신사 사행록이
시나 일기 중심으로 편집된 것과 달리, 조엄이 편집한 사행록총서 『해행총재』
에 실린 학봉의 『해사록』은 권1과 권2에 시 130여 수, 권3에 편지 17통,
권4에 서(書)·설(說)·변(辨)·지(志), 권5에 정구(鄭逑)가 지은 행장이 실려
있어, 가장 다양한 형태로 편집되었다. 학봉이 조정에 돌아와 정사나 서장관
과 다른 견해를 보고한 배경을 이 글들에서 찾아볼 수 있다.

『학봉집』을 편집할 때에 『해사록』에 실린 시가 모두 실리지 않고 선별되었으
며, 종가에 소장된 일고(逸稿)에는 일본에 가서 지었지만 『해사록』에 실리지
않은 시도 있다. 이번 시선에서는 『학봉집』 권2에 실린 『해사록』의 시 뿐만
아니라 속집, 일고 등에서도 찾아내, 가능하면 시기 순으로 편집하였다.

조정에서 내가 먼 이역 땅에 사신으로 간다고 장복 章服¹을 하사하였기에 도중에 실없이 읊조리다

朝廷以余遠使異域賜以章服途中戱吟

포의로서 삼품 관직 참으로 족한데

다시 초선² 달고서 바다를 건너가네.

내 어찌 감히 거짓 직함을 띠고 가랴만³

'오지비유(烏知非有)'⁴라 남들이 떠들도록 버려 두었네.

백 년의 헌면(軒冕)⁵이야 옛부터 거짓이고

하룻밤 한단(邯鄲)의 꿈⁶이 도리어 참일세.

누가 알리 내 맘속에 정해져 있는 것은

참과 거짓 따라서 변하지 않는 줄을.

布衣三品於良足、更冒貂蟬渡海津。

何以假爲寧我敢、烏知非有任人嗔。

百年軒冕從來假、一枕邯鄲卻是眞。

誰識吾心分定處、不隨眞假有錙磷。

---

1 『서경(書經)』「익직(益稷)」에서 순(舜)임금이 우(禹)에게 '일(日)·월(月)·성
신(星辰)·산(山)·용(龍)·화충(華蟲: 꿩)을 그리고, 종이(宗彝)·조(藻)·화
(火)·분미(粉米)·보(黼)·불(黻)을 수놓아 예복을 만들어서 존비의 질서를 분
명히 밝히라'고 명하였다. 이에 따라 천자는 일(日)·월(月) 이하 열두 가지
무늬로 장식한 12장복(章服)을 입었고, 왕은 산(山)·용(龍) 이하 아홉 가지
무늬로 장식한 9장복을 입었으며, 신하들은 계급에 따라 7장복·5장복·3장
복·1장복·무장복(無章服)을 입었다. 여기서는 예복을 뜻한다.

2 고관들이 쓰는 관에 장식으로 다는 담비 꼬리와 매미 날개인데, 시종신이나 고관이 되었다는 뜻이다.

3 『증정 교린지(增訂交隣志)』 권5에 "통신사 정사(正使) 1원(員)은 문관 당상(文官堂上)으로 이조참의(吏曹參議)의 직함을 임시로 내리고, 부사(副使) 1원(員)은 문관 당하(文官堂下) 정3품으로 전한(典翰)의 직함을 임시로 내리며, 종사관(從事官) 1원은 문관 5·6품으로 홍문관(弘文館) 교리(校理)의 직함을 임시로 내린다."고 하였다. 학봉은 1589년 9월에 의정부 사인(舍人)에 임명되고 10월에 예빈시 정(禮賓寺正)으로 옮겼는데, 1590년 3월 1일 실록 기사에 "사성(司成 종3품) 김성일을 부사로 삼아 일본에 보냈다"고 하였다.
학봉은 다른 나라에 사신으로 가면서 거짓 직함을 띠고 갈 경우, 자신이 먼저 바르지 않기 때문에 바른 말을 할 수 없어서, 거짓 직함을 띠고는 갈 수 없다고 한 것이다.

4 『맹자』「진심(盡心) 상」에, "오래도록 빌리고서 돌아가지 않으니, 어찌 그 자신이 가지고 있는 것이 아닌 줄을 알겠는가.[久假而不歸, 惡知其非有也]" 하였는데, 주희의 주에, "이름을 훔치고 일생을 마쳐서 참으로 가지고 있는 것이 아님을 스스로 알지 못하였음을 말한 것이다." 하였다.

5 옛날에 대부(大夫) 이상의 고관이 타던 수레와 입던 옷으로, 현달하여 고관이 되는 것을 말한다.

6 당나라 개원(開元) 연간에 노생(盧生)이 한단의 여관에서 도사 여옹(呂翁)을 만나 신세를 한탄하였는데, 여옹이 베개 하나를 주면서 '이것을 베고 자라'고 하였다. 노생이 그 베개를 베고 잤는데, 꿈속에서 삼십년 동안 온갖 부귀영화를 다 누렸다. 노생이 잠들기 전에 여관 주인이 기장밥을 짓기 시작하였는데, 꿈을 깨었을 때에도 기장밥이 아직 다 익지 않았다. - 심기제(沈旣濟) 「침중기(枕中記)」

석문정사에 들려 짓다
題石門精舍

석문에 내가 정사를 세웠건만
집 짓고 몇 번이나 봄이 지났던가.
하루도 머물지 못하고
문득 창해[1] 나루를 찾아가게 되었네.
이번 길에 산 밑으로 찾아드니
원숭이와 학이 모두 성을 내누나.[2]
북산이문[3]이야 비록 없다지만
주언륜 같은 내 신세가 부끄러워라.[4]
나랏일이 중한 것만 생각해야지
내가 어찌 잠시라도 머뭇거리랴.
마땅히 충(忠)과 신(信)에 의탁하여
한 번 가서 두 나라 우호를 이루리라.
세 변경[5]에 딱딱이 소리 끊기고
임금 은택 우리 백성에게 흡족케 하리라.
그런 뒤에 귀거래사를 짓고 돌아와
길이길이 산 속 사람이 되리라.

石門我精舍、結構經幾春。
未能一日居、却問滄海津。
今來過山下、猿鶴皆生嗔。
雖無北山移、自愧周彦倫。
但念王事重、我何小逡巡。
會當仗忠信、一成兩國親。
三邊絶刁斗、聖澤洽吾民。
然後賦歸來、永作山中人。

◇ 정자의 서쪽에 돌 2개가 마주 바라보며 서 있는데, 골짜기가 휑하니 뚫려 마치 모양새가 문과 같았으므로 이름을 석문(石門)이라 하였다. 방은 하나로 환하게 밝았으며, 도서가 시렁에 가득하였다. 그 안에 단정히 앉아 있으면 처음에 먹은 마음과 부합되어 기뻤는데, 사색하여 수양하는 공부가 이때에 이르러 더욱 충실해졌다. 나중에는 비록 임금이 부르는 명에 못 이겨 억지로 나아가 벼슬했으나 조정에 오래 있었던 것은 선생의 뜻이 아니다. -『학봉집』부록 권1「연보 1587년 8월」

학봉이 같은 서후면 출신의 권호문과 퇴계 문하에서 동문수학하였는데, 권호문이 청성산(青城山) 기슭에 연어헌(鳶魚軒)을 짓고 살면서 김성일에게 청성산 반을 나누어주기로 약속하였다. 권호문이 땅을 주자, 학봉이 50세 되던 1587년 3월에 연어헌 뒤 낙동강 가에 석문정사(石門精舍)를 지으며 권호문을 방문하였다. 7월에 권호문이 세상을 떠났다.

1 넓은 바다를 가리키는 말이지만, 동해(東海)라는 뜻으로 많이 쓰였다. 조조의 「관창해(觀滄海)」시에 "동으로 갈석산에 올라, 창해를 바라보네[東臨碣石 以觀滄海]" 하였다.

2 혜초 장막이 텅 비어 밤 학이 원망하고, 산인이 떠나가니 새벽 원숭이 놀라는구나.[蕙帳空兮夜鶴怨 山人去兮曉猿驚] -공치규「북산이문(北山移文)」

경상북도 문화재자료 제34호 석문정사.
'石門' 두 글자는 학봉의 5대손 김성월(金聖鉞)이 썼다.

---

3   육조(六朝) 때 송나라의 공치규(孔稚圭)가 지은 작품으로, 지식인의 이중적
    인 위선을 풍자한 글이다. 주옹(周顒)이 남경(南京)의 북산인 종산(鍾山)에
    은거하다가 뒤에 조정의 부름을 받고 변절하여 해염 현령(海鹽縣令)이 되었
    는데, 임기를 마친 그가 조정으로 돌아가는 길에 다시 종산에 들리려고 하였
    다. 그러자 종산에 은거하던 공치규가 주옹의 변절을 못마땅하게 여겨, 종산
    신령(神靈)의 이름을 가탁하여 관청의 이문(移文) 형식으로 글을 지어 그가
    종산에 발을 들여놓지 못하게 하였다. 『문선(文選)』 권43에 실려 있다.
4   시골에 은거하지 못하고 서울 가서 벼슬살이한 것이 부끄럽다는 뜻이다.
    언륜(彦倫)은 주옹(周顒)의 자이다.
5   동쪽, 서쪽, 남쪽 세 방면의 변경 지역을 말한다.

울산군수 정죽창이 지은 '계주戒酒' 시에 차운하다

奉和鄭竹窓 蔚山郡守戒酒韻

병들면서 술 많이 안 마시려 하였건만
창해 건너 먼 이별하는 마당에 마시지 않고 어쩌랴.
오늘 만나 술 마시다 술잔이 또 넘쳤기에
그대가 준 시를 보고는 부끄러움이 더해지네.

病來長欲酌無多。滄海其如遠別何。
今日遇飮觴又濫、見君詩句愧還加。

송별 시는 쓸데없는 말 많은 게 싫으니
맑은 시를 누가 다시 양·하[1]처럼 지으려나.
죽창이야 시단의 으뜸 가는 시인이니
나에게 준 한마디 말이 더할 나위 없이 좋구려.

別句長嫌剩語多。清詩誰復似羊何。
竹窓自是詞壇伯、贈我一言無以加。

―――――

이십구일에 바다를 건너는데 태풍이 갑자기 불어 닻줄은 끊어지고 돛대는 부러졌기에, 사자관 이해룡을 시켜서 돛에다가 절구 한 수를 크게 쓰게 하다
二十九日渡海颶風忽作碇絶檣摧令寫字官李海龍大書詩
一絶于帆面

베돛이 큰 바람 받아 잔뜩 부푸니
인간 세상 온갖 생각이 부질없구나.
외로운 신하 생과 사의 갈림길에서
거친 바다 한가운데 홀로 섰도다.

布帆飽長風。人間萬慮空。
孤臣判生死、獨立大荒中。

◇ "일본 문사들과 수창할 때 서법(書法)이 서툴러서는 안 된다"는 선조(宣祖)의 전교(傳敎)에 의해, 글씨를 잘 쓰는 이해룡이 뽑혀 사자관으로 파견되었다. 쓰시마 세이잔지(西山寺) 대웅전(大雄殿)에 만송원(萬松山)이라는 편액(扁額)을 쓰는 등, 일본에 많은 필적(筆蹟)을 남겼다. 1592년 임진왜란 때에는 역관(譯官)으로 활약하며 일본과의 화의교섭에 힘썼다. 뒤에 벼슬이 사섬시 주부(司贍寺主簿)에 이르렀다. 한호(韓濩) 못지않게 필법에 뛰어났고, 특히 해서(楷書)를 잘 썼다. 금석문으로는 사현(沙峴)의 「양호묘비(楊鎬廟碑)」와 경희궁(慶熙宮)의 흥화문(興化門) 편액 글씨가 남아 있다.

서장관 허성에게 희롱삼아 주다
戲呈許書狀

양천자[1]의 도량을 내 일찍이 흠모했지
이적(夷狄)쯤은 탓할 게 못 된다고 늘 말했지.
나라의 치욕조차 오히려 놔 둬 버리더니
단 한번의 노여움은 어찌 참지 못하는가[2]

陽川度量吾曾慕。夷狄常稱不足治。
國辱尙能排遣去、如何一怒獨難持。

---

1 『북정록』에서는 양천허씨인 허봉을 양천자라고 하였는데, 이 시에서는 그
   의 형인 허성을 가리킨다.
2 서장관이 왜인들의 무례한 말에 노하여 "반드시 죄를 다스리자"고 하였으므
   로 이른 것이다. (원주)

송당과 산전이 '낙일심유장 추풍병욕소落日心猶壯
秋風病欲蘇' 시구를 분운分韻한 것에 차운하다
次松堂山前落日心猶壯秋風病欲蘇分韻

3.

장사의 손에 황금 다 없어졌건만
한 조각 마음은 아직 남았구나.
삼경에 북두칠성 쳐다보면서
만리 길에 한번 길게 읊조리네.

壯士黃金盡、猶餘方寸心。
三更看北斗、萬里一長吟。

4.

동료는 형제와 같은 법이니
서로 간에 좋아할 뿐 따지진 마세.
힘 합쳐서 국사를 이룩하는데
며칠 더 체류한다고 어찌 시름하랴.

同僚是兄弟、相好莫相猶。
戮力濟王事、滯留何足愁。

◇ 2구의 마지막 운자를 '낙(落)·일(日)·심(心)·유(猶)·장(壯)'운을 써서 4구의
　운자도 그에 맞게 '음(吟)·수(愁)'자를 사용하였다.
　송당(松堂)은 정사 황윤길(黃允吉)의 호이고, 산전(山前)은 서장관 허성의 호
　이다. 허성은 흔히 악록(岳麓)이라는 호를 사용했는데, 통신사 서장관 시기
　에는 산전이라는 호를 사용하였다.

포은 선생의 시에 차운하여 이사빈에게 주다
次圃隱先生韻贈李士彬

장사는 위험한 순간이 닥쳐야 뜻을 펼치니
인상여도 쉽게 강한 진왕을 굴복시켰네.
한 치 혀만 가지고 구슬을 보전하여[1]
큰 명성을 얻어서 만세토록 떨쳤네.
섬오랑캐 땅에 온 지 반년에 충신(忠信)이 부족하여
한밤중에 칼을 잡고 자주 탄식하니,
이번에 왜놈 추장 굴복시키려 누가 왔나
천지간에 홀로 서니 옛사람에게 부끄럽구나.

壯士臨危志乃伸。相如容易屈强秦。
直將寸舌完孤璧、贏得雄名振萬春。
半歲行蠻忠信薄、中宵撫劍感歎頻。
此來誰遣夷酋服、獨立乾坤愧古人。

146

학봉 일행이 묵은 쓰시마 세이잔지(西山寺)

◇ 정몽주가 1377년 일본에 사신으로 가서, 1378년 봄에 지은 시에 차운한 시이다.

1 전국시대 조(趙)나라 혜문왕(惠文王)이 초(楚)나라의 화씨벽(和氏璧)을 얻었는데, 진(秦)나라 소왕(昭王)이 이를 빼앗으려고 거짓으로 15개의 성(城)과 바꾸자고 하였다. 조나라에서는 화씨벽만 빼앗기고 성은 얻지 못할까 염려하여 진나라에 사신으로 갈 사람을 구하였다. 인상여(藺相如)는 "진나라에서 성을 주면 화씨벽을 진나라에 줄 것이고, 성을 주지 않으면 화씨벽을 손상 없이 가지고 오겠다." 하고 진나라로 갔는데, 소왕이 화씨벽만 빼앗고 성을 주려고 하지 않았다. 그러자 인상여가 "화씨벽에 흠집이 있는 곳을 가르쳐 주겠다"고 하면서 화씨벽을 손에 잡고 말하기를, "대왕이 성을 주지 않고 화씨벽을 빼앗으려고 하면 옥을 깨뜨려 버리겠다." 하면서, 소왕에게 "5일 동안 재계(齋戒)하고서 받으라"고 하였다. 소왕이 재계하는 사이에 인상여는 사람을 시켜서 몰래 화씨벽을 조나라로 돌려보냈다. 소왕이 재계를 마친 뒤 화씨벽을 달라고 하자, 인상여는 "화씨벽은 이미 조나라로 보냈다. 진나라에서 먼저 15개의 성을 주면 조나라에서 화씨벽을 당장 돌려보낼 것이다." 하였다. 그 뒤에 인상여는 무사히 조나라로 돌아왔으며, 진나라에서는 화씨벽과 성을 바꾸지 않았다. —『사기(史記)』 권81 「인상여열전(藺相如列傳)」

축종 상인의 시축에 차운하여 쓰다
次題竺宗上人軸

땅 있는 곳마다 백골 묻을 수 있으니
애를 써서 푸른 산을 찾을 필요가 없네.[1]
어찌하면 풍수 책을 모조리 다 태워 없애,
온 천하에 장례 치르는[2] 어려움을 없게 하랴

有地可能埋白骨、不須勤苦覓靑山。
何緣火得靑烏集、天下終無送死難。

---

1   월성화상(月性和尙)의 「제벽시(題壁詩)」 "男兒立志出鄕關 學若不成死不還 埋骨何期墳墓地 人間到處有靑山"이 널리 알려져 자신의 입지(立志)를 다짐하는 구절로 많이 사용되자, 일본 메이지유신의 주역인 사이고 다카모리(西鄕隆盛)가 "男兒立志出鄕關 學不成名死不還 埋骨何須桑梓地 人生無處不靑山"이라고 두어 글자만 바꿔서 자신의 시처럼 발표했다.

2   『맹자(孟子)』「이루 하(離婁下)」에 "살아 계실 때 봉양하는 것은 큰일에 해당한다고 할 수 없다. 오직 돌아가셨을 때 장례를 모시는 것이 큰일에 해당된다.[養生者不足以當大事 惟送死可以當大事]"라고 하였고, 『예기』「예운(禮運)」에 "양생송사(養生送死) 하는 일이야말로 귀신을 섬기는 큰일에 해당한다.[所以養生送死 事鬼神之大端也]"라고 하였다. 송사(送死)는 죽은 뒤에 장사 지내는 것을 말한다.

지난번에 피다가지포皮多加地浦에 있을 적에 겐소
玄蘇가 홍작약 한 가지를 꺾어서 배 안으로 보냈으
므로 상사와 서장관이 시를 지어서 사례하였다.
그런데 나는 다른 배를 타고 있었으므로 모르고 있
었다. 이제 그 시에 차운해서 중 겐소에게 부친다

頃在皮多加地浦玄蘇折紅藥一枝寄舟中上使與書狀許山前筬
以詩報謝而僕在他船故不知也追次其韻却寄蘇僧

어느 곳에서 꽃가지를 꺾어 보내왔나
좋은 향기 이 모두 조물주가 기른 것일세.
스님의 도력이 도리어 한스러우니
이웃 배에는 똑같이 꽃 피워주지 않으셨구려.

何處風枝折得來。天香都是化工裁。
上人道力還堪恨、不許隣船一樣開。

바다 밖에서 만나니 남다른 정이 있어
한 가지 꽃 위에 시의 소리가 어렸네.
그 누가 치자꽃이 숲속에서 난다 했던가
아마도 직녀[1]의 베틀 위에서 만든 거겠지.

海外相逢別有情。一枝花上帶詩聲。
誰言舊蔔林中物、應是天孫機上成。

학봉이 쓴 『해사록』 원본

---

1 천손(天孫)은 직녀성의 별칭이다. 『사기』 권27 「천관서(天官書)」에 "무녀성 북쪽이 직녀성이니, 직녀는 천제(天帝)의 여손이다[婺女其北織女 織女天帝女孫也]"하였다.

산전이 지은 '화병의 꽃을 보고 지은 절구 두 수' 시에 차운하다

次山前瓶花二絕

오월 들며 처음으로 바닷가 꽃을 보니
바람 속의 꽃가지가 고향땅의 꽃 같구나.
비로소 알겠네 한 기운은 중화와 오랑캐가 없어
조화의 기틀 속에 만물이 절로 꽃 피는 걸.

五月初看海上花。風枝還似故山葩。
始知一氣無夷夏、造化機中物自華。

농염한 옥꽃병은 꽃과 어울려 푸르고
천연스런 붉은 뺨은 연지 찍을 필요가 없네.
먼 이역에서 만났으니 어찌 차마 저버리랴
바람 맞으며 너를 위해 새로운 시를 지어내네.

玉壺穠艶翠交葼。丹臉天然謝粉脂。
絕域相逢那忍負、臨風爲汝寫新詩。

학봉이 쓰시마에서 머물던 세이잔지에 세워진「조선국통신사 학봉 김성일 선생 시비」.
시의 원문과 번역문은 153쪽에 실려 있다.

겐소가 지은 '연석燕席에서 읊은 절구 한 수' 시에 차운하다
次玄蘇燕席一絶

한 자리에 모여[1] 앉은 두 나라 신하들이
사는 데야 다르지만 의리는 똑같다오.
연석[2]이 화락하여 기쁜 뜻이 넘치니
사람들이여! 누가 주인이고 객인지 묻지 마소.

一堂簪盍兩邦臣。區域雖殊義則均。
尊俎雍容歡意足、傍人莫問主兼賓。

---

1 원문 '잠합(簪盍)'은 '합잠(盍簪)'과 같은 뜻이니, 『주역』「예괘(豫卦) 구사(九四)」에 "벗들이 모여들리라.[朋, 盍簪.]" 하였고, 본의(本義)에 "잠은 모임이고 또 빠름이다.[簪, 聚也, 又速也.]"라고 하였다. 뜻 맞는 이들이 서로 빨리 달려와 회합함을 말한다.

2 원문의 준조(樽俎)는 제사(祭祀) 때에 술을 담는 '준(樽)'과 고기를 담는 '조(俎)'를 아울러 이르는 말이기도 하지만, 예절을 갖추어 하는 공식적인 잔치를 말하기도 한다. 『전국책(戰國策)』「제책(齊策)」 5에 "술동이와 도마[尊俎] 사이에서 성을 뽑고 자리 위에서 적을 무찌른다." 한 데에서 유래하여, 무력을 사용하지 않고 가만히 앉아서 계책으로 멀리 있는 적을 제압한다는 뜻으로 썼다. 이 시에서는 겐소가 쓴 '연석(燕席)'을 학봉이 외교적으로 받아쓴 표현이다.

겐소에게 주다

贈玄蘇

일찍이 무생무멸[1]의 이치를 알았으니
마음을 관찰한[2] 지 몇 해나 되었는가.
목배(木杯) 띄워 온 세계를 돌아다녔고[3]
예불하면 부처[4] 모습이 현신하였지.
한 생각에 시의 빚이 남아 있어서
삼생(三生)[5]에 도의 참된 맛을 보았네.
불당 앞 나무가 승랍[6]과 햇수 같다니
소나무는 늙어 껍질 반이나 비늘 되었구나.

早識無生理、觀心問幾春。
浮杯通世界、禮佛現金身。
一念餘詩債、三生味道眞。
堂前僧臘在、松老半成鱗。

1 백거이(白居易)의 「증왕산인(贈王山人)」 시에 "무생을 배우는 것이 제일이
니, 무생이 바로 무멸이다.[不如學無生 無生卽無滅]"라고 하였다. 천지 만물
이 본래 태어나지 않으면 죽음도 없다는 불법의 진리를 말한다.

2 불교에서는 마음이 만법(萬法)의 주체이어서 어느 한 가지도 마음 밖에 있는
것이 아니므로, 마음을 관찰하면 일체의 사리(事理)를 깨칠 수 있다고 한다.

3 『고승전(高僧傳)』 권10 「신이(神異) 배도(杯度)」에 배도의 전기가 실려 있다.
"배도는 성명을 알지 못한다. 항상 나무 술잔을 타고 강물을 건너 다녔으므
로[木杯度水], 이로 인하여 배도(杯度)라 일컬었다. 처음 나타난 곳은 기주
(冀州)였다. 세밀한 행은 닦지 않았다. 그러나 신비한 힘이 탁월하여, 세상에
서 그 유래를 헤아리지 못하였다. 어느 날 북방에서 한 집에 기숙하였다.
그 집에는 한 구의 금불상이 있었다. 배도가 훔쳐서 떠나자, 집주인이 알아
차리고 뒤쫓았다. 배도가 천천히 걸어가는 것을 보고, 말을 달려 뒤쫓았으나
미치지 못하였다. 맹진강[孟津河]에 이르렀다. 나무 술잔을 물 위에 띄우고,
여기에 올라 타 강을 건너갔다. 바람과 노의 힘을 빌리지 않고도, 가볍고
빠르기가 나는 것과 같았다. 이윽고 둑을 건너서 서울에 도달하였다. 겉보기
에 당시 그의 나이는 40세 정도였다." – 디지털 불교
목배(木杯)는 나무로 만든 술잔이니, 이 구절은 스님이 출행(出行)하는 것을
말한다.

4 『전등록(傳燈錄)』에 "서방에 부처가 있는데, 그 모습은 키가 한 길 여섯 자에
금빛 몸이다.[西方有佛 其形長丈六而金身]"라고 하였다. 따라서 순금(純金),
금동(金銅), 도금(鍍金)으로 부처를 만들었으므로 금신(金身)이라 하였으며,
한 길 여섯 자에 맞게 장륙존상(丈六尊像)을 만들었다.

5 전생(前生)·현생(現生)·후생(後生)을 가리킨다.

6 스님이 수계(受戒)를 받은 뒤의 햇수를 말한다.

상사가 지은 '마루 앞에 우거진 풀섶을 잘라내고 지은 율시 한 수'에 차운하다
次上使苃去軒前翳薈一律

오랑캐 땅이 무더워 오래 머무니 답답한데

집 주위를 두른 덩굴까지 먼 조망을 가로막았네.

산은 허리 위만 보여 푸른 기슭 감춰졌고

천 이랑 대나무 밭도 기이함을 잃었구나.

명공께서 스스로 발운산(撥雲散)[1]을 가지고 있어

천한 나도 기쁘게 개안비(開眼篦)[2]를 만났으니,

이 한 마음 통하고 막힘이 원래 이 같아서

누군들 한 개의 마니주(摩尼珠)[3]가 없으랴.

炎荒鬱鬱久居夷。繞屋藤蘿碍遠闚。

山露半腰藏翠麓、竹迷千畝失瓊奇。

明公自有撥雲散、賤子喜逢開眼篦。

通塞此心元若此、何人不有一摩尼。

---

1 눈이 흐릿하여 잘 안 보이고 눈물이 많이 흐르는 데에 쓰는 약이다.

2 두보(杜甫)의 시 「알문공상방(謁文公上方)」에 "금비로 내 눈을 틔어주면, 값이 거거 백 개보다 중해지리.[金篦刮眼膜 價重百車渠]"라고 하였다. 금비(金篦)는 금으로 만든 빗치개로 고대 인도(印度)의 의사가 맹인의 안막(眼膜)을 제거하는 도구였는데, 후세에 불가에서 중생들의 눈을 가리고 있는 무지(無智)의 막(膜)을 금비로 제거해 준다는 뜻으로 사용하였다. 이 시에서는 황윤길의 시를 받아보고 눈이 환하게 트였다는 뜻으로 썼다.

3 사람이 이 구슬을 가지고 있으면 해를 입지 않는다고 한다.

십육일에 달빛 속에 타루柁樓에서 오산과 함께 술자리를 벌이고 시를 지어서 화답하였는데, 차오산이 절구 세 수를 읊은 다음에 먼저 무공향無功鄕으로 들어가고 나 혼자서 술을 마시다가 술에 취해 붓을 끌어다 길게 읊조렸다. 술 취한 김에 나도 모르게 시가 지리해졌기에 다른 사람에게 보여 주고 싶지 않았는데, 차오산이 다음 날 아침에 운을 밟아서 모두 지었으므로, 감히 못난 나의 시를 숨기려고 아름다운 차오산의 시를 폐할 수가 없었다. 그래서 지금 그 시고詩稿를 기록한다

위 1수는 원집에 들어 있다

十六日乘月柁樓與五山命酒相與酬和五山賦三絶後先入無功鄕余獨飮至醉援筆長吟不覺醉墨之支離也不欲示人五山翌朝盡步故不敢諱珷玞而廢璵璠也今仍其薰而錄之 二首

하늘과 물이 서로 이어진 곳
그 가운데 배 한 척이 놓여져 있네.
가슴속의 바다가 넓은 것을 알려면
모름지기 이곳에 와서 찾아보시게.

天水相連處、中間着一舟。
欲知胸海闊、須向此邊求。

◇ 오산(五山)은 차천로(車天輅, 1556~1615)의 호이다. 본관은 연안(延安)이고 자는 복원(復元)이며, 귤실(橘室), 청묘거사(淸妙居士)라는 호도 사용하였다. 서경덕의 문인으로 문과에 급제하였으나 다른 사람 대신 표문(表文)을 지어 장원급제 시킨 일이 발각되어 유배되었다가, 문재(文才)가 있다는 이유로 용서받았다. 뛰어난 문장으로 명나라에까지 이름이 알려져 동방문사(東方文士)라는 칭호를 받았다. 한호(韓濩), 권필(權韠), 김현성(金玄成)과 더불어 서격사한(書檄詞翰)이라 불렸으며, 특히 시를 잘 지어 한호의 글씨, 최립(崔岦)의 문장과 함께 송도삼절(松都三絶)이라 일컬어졌다.

정사 황윤길이 선조에게 "문장 잘하는 선비를 데려가겠다."고 청하여 종사관으로 함께 다녀왔다.

◇ 무공향은 술에 취해 잠들었다는 뜻이다. 당나라 시인 왕적(王績)의 자(字)가 무공(無功)인데, 술을 몹시 좋아하여 『취향기(醉鄕記)』라는 주보(酒譜)를 지었다. 후세에 이를 인하여 '무공향'을 '취향(醉鄕)'이란 뜻으로 쓰게 되었다.
―『신당서(新唐書)』권196「은일열전(隱逸列傳) 왕적(王績)」

158

달밤에 비파 소리를 듣다
月夜聞琵琶

분포(溢浦)에서 들었을 땐 사마가 울었고[1]
용사(龍沙) 변방에선 미인이 시름했네.[2]
어찌하여 동해에 배 타고가는 나그네만
홀로 그 소리를 들으며 마음껏 노니는가.

溢浦聽時司馬泣、龍沙塞上美人愁。
如何東海乘槎客、獨也憑渠辦勝遊。

---

1 당나라 시인 백낙천(白樂天)이 황제의 뜻을 거스르는 상소를 올렸다가 강주
　사마(江州司馬)로 좌천되었는데, 분포에서 손님을 전송하다가 늙은 기생이
　비파 뜯는 소리를 듣고 자신의 처지와 비슷한 것을 한탄하면서 눈물을 흘리
　고 「비파행(琵琶行)」을 지었다.
2 용사는 총령(蔥嶺) 근처에 있는 사막 백룡퇴(白龍堆)를 가리킨다. 한나라 원
　제(元帝) 때의 궁녀 왕소군(王昭君)이 뛰어난 미모를 가지고 있으면서도 궁
　중 화가가 초상을 제대로 그려주지 않아 황제의 총애를 입지 못하다가 흉노
　(匈奴)의 선우(單于)에게 시집갔다. 비파를 가지고 변방 땅을 지나면서 다시
　는 돌아오지 못할 것을 생각하며 눈물을 흘렸다.

팔월 십이일에 내가 총견원摠見院에 있었는데, 달
밤에 허산전이 술과 악기를 가지고 찾아왔기에,
우연히 절구 몇 수를 지어서 나그네의 회포를 풀다
八月十二日摠見院月夜山前持酒樂相過偶得數絶以遣客懷

3.

술잔 들어 내가 한 잔 마시는 동안
그대는 일천 수의 시 읊으셨구려.
서산에 달이 아직도 지지 않았으니
가을 밤이 정말 길기도 하네.

飮我一杯酒、吟君千首詩。
西峯月未落、秋夜正遲遲。

4.

밤이 다 샌 줄도 모르고서
처마 끝에 걸려 있는 달만 보았네.
아쉽구나. 잔 속에 비친 그림자
어느 새 구름 너머로 떨어지다니.

不知夜將闌、但見簷月掛。
可惜杯中影、居然落雲外。

중국 사람으로 남경南京의 태학생인 계옥천稽玉泉이 무인년(1578)에 복건 지방으로 가기 위해 바다를 건너다가 풍랑을 만나 표류하여 남만국南蠻國에 도착하였다. 함께 배에 탔던 자들은 모두 죽임을 당했으나, 계옥천만은 선비의 관冠을 썼다는 이유로 요행히 죽임을 면하였다. 그곳에서 석 달을 머물다가 일본으로 오는 중국의 장삿배를 따라 처음에 서해의 사츠마주薩摩州에 도착하여 십 년을 머물러 있다가 몇 년 전에 다시 이곳으로 왔다. 그러자 관백關白이 불쌍하게 여겨 옷과 식량을 지급해 주고 또 왜녀倭女를 아내로 삼게 하였다고 한다. 그는 우리나라 사신이 왔다는 소식을 듣고 관백의 아우인 대납언大納言에게 청해서 시를 폐백으로 삼아 나를 찾아왔다. 그와 말해 보니 제법 문자를 알고 또 의술에도 통하였다. 그리고 의관이나 용모, 행동거지에 있어서 모두 중국의 풍속을 지켰으니, 농사꾼이나 장사치는 아닌 게 분명하다. 이에 술을 주고 이어 그의 시에 차운하여 지어 주었다 가운데 2수는 원집에 들어 있다

唐人南京太學生稽玉泉戊寅歲往福建地方渡海遭風漂到南蠻國同舟者皆被殺玉泉獨以儒冠幸免留三箇月隨唐商之來日本者初泊西海之薩摩州留十年數年前又來于此關白憐之資給衣食且以倭女妻之云聞使臣之行請于關白之弟大納言者以詩爲贄來謁與之語頗解文字又通醫術衣冠容止皆守中華之俗必非農商者流也賜之酒仍次其韻以贈之

섬나라에 중국 사람 산다기에 놀랐네.

무슨 일로 그대는 외로운 몸 끌려왔나.

가을 석 달 나그네로 떠돈 나도 한스럽건만

하물며 그대는 십 년이나 부모를 떠났다니.

海窟驚聞有漢人。適因何事絆孤身。

三秋羈旅吾猶恨、況子十年離二親。

한잔 술 권하노니 사양 마시게

우리 다같이 만리 멀리 고향 떠난 신세라오.

망망한 푸른 바다 나 혼자 건너면서

서풍 부는 쪽 돌아보며 눈물이 수건 적시리라.[1]

一杯相屬莫辭頻。同是棲棲萬里人。

碧海茫茫吾獨去、西風回首可沾巾。

---

1 이백(李白)의 시 「대주억하감(對酒憶賀監)」에 "금거북으로 술을 바꾸어 먹던
   곳에서 그대를 생각하며 눈물로 수건을 적시네.[金龜換酒處 却憶淚沾巾]"라
   고 하였다.

쇼코쿠지相國寺의 스님 쇼슌宗蕣이 시 한 수와 부채 한 자루를 가지고 와서 인사하기에 그 시에 차운하여 주다
相國寺僧宗蕣以一詩一扇投謁次其韻贈之

가을비는 부슬부슬 절간은 비었는데
새벽 창에 책을 펼쳐 원공을 마주하였네.[1]
시 짓는 스님이 갑작스레 성 남쪽서 들르니
한바탕 전단수의 바람이 가득 몰려왔네.

秋雨淙濛一院空。曉窓黃卷對圓公。
詩僧忽自城南過、一陣栴檀滿袖風。

◇ 학봉이 교토 다이토쿠지(大德寺)에 머물고 있을 때에 쇼코쿠지(相國寺)의 승려 쇼슌(宗蕣)이 찾아와 시 1수와 부채 1자루를 주자, 학봉이 답례로 시 2수를 지어주었다.

학봉이 머물던 다이토쿠지는 교토오산(京都五山) 가운데 하나로, 초기 통신사들이 머물던 절이다. 앞에 나오는 총견원도 이 절의 부속 사찰인데, 정미(1607년) 통신사 부사인 경섬(慶暹)의『해사록(海槎錄)』4월 12일 기사에 "그 가운데 큰 절이 있는데, 이름은 대덕(大德)이다. 담장 안에 부속 절이 많이 있으니, 천서사(天瑞寺)·총견원(摠見院)·감당원(甘棠院)·대광원(大光院)·금룡원(金龍院) 등 수십여 개의 원(院)이 있는데, 총괄하여 대덕사(大德寺)라 이름하였다."라고 하였다.

1 이날 우연히『간재집(簡齋集)』을 펼쳐 보았다. 원공(圓公)은 간재의 아호(雅號)이다. (원주)

뜨락의 소나무를 읊어서 쇼슌에게 주다

詠庭松贈宗蕣

이역 나라 물색이 눈에 들어오지 않건만
뜨락 앞의 십팔공[1] 하나만은 좋구나.
천 년 풍상 겪고서도 푸른 모습 그대로니
몇 사람이나 너와 풍골이 같으려나.

殊方物色眼中空。獨愛庭前十八公。
閱盡千霜靑未了、幾人能與爾同風。

◇ 쇼슌은 에도시대 유학자 후지와라 세이카(藤原惺窩, 1561~1619)의 법명(法
名)이다. 하리마국(播磨國) 출신으로 묘주인(妙壽院) 수좌(首座)였다. 처음
에는 교토 쇼코쿠지(相國寺)의 승려였는데, 불서(佛書)를 읽었지만 유가(儒
家)에 뜻을 두었다. 일찍이 조선과 중국을 사모하여 명(明)나라에 들어가려
다가 풍파를 만나 돌아왔고, 조선으로 건너가려다가 전쟁 때문에 그만두었
다고 한다. 이 시기에 학봉, 악록 일행과 유학과 퇴계에 관해 논하였으며,
학봉의 군자유(君子儒)로서의 풍모에 영향을 받았다. 정유재란 때 포로가
된 강항(姜沆)에게 주자학과 퇴계(退溪) 이황(李滉)의 학문을 전수받고 근세
일본 유학의 창시자가 되었다.

1 삼국시대 오(吳)나라 정고가 자기 배 위에 소나무가 자라나는 꿈을 꾸고는
말하기를 "송(松) 자를 파자(破字)하면 십팔공(十八公)이 되니, 18년 뒤에는
내가 삼공(三公)이 될 것이다."라고 하였는데, 과연 그 뒤에 그대로 되었다고
한다. —『삼국지(三國志)』 권48 「오서(吳書) 손호전(孫晧傳) 裴松之注」
그 뒤로 십팔공(十八公)은 송(松)의 뜻으로 썼다.

팔월 이십팔일에 주산舟山에 올라가서 왜의 국도國都를 바라보다
八月二十八日登舟山觀倭國都

금봉산 앞에 푸른 기슭이 솟아 있어
한눈에 오랑캐의 서울이 다 보이네.
가마 타고 저물녘에 푸른 구름 속에 가니
길 양쪽의 솔가지가 사람 맞아 기우는구나.
바람 타고 한달음에 산꼭대기 오르니
발 아래 삼라만상이 앞다투어 눈에 드네.
겹친 산봉우리 진을 쳐서 북쪽이 웅건하고
두 산이 용처럼 서려 동쪽 서쪽 얽히었네.
연꽃 천 송이가 남방[1]에 서 있으니
응결된 한 기운이 어찌 그리 웅장한지.
큰 바다가 동에서 와 그 앞에 펼쳐 있고
두 시냇물 북에서 와 물결이 넘실대네.
그 가운데 일백 리의 큰 들판 펼쳐져서
시내 벌판 까마득히 숫돌처럼 평평하구나.

◇ 주산(舟山)은 현재 후나오카야마(船岡山)로 추정된다. 도요토미 히데요시가
오다와라(小田原)를 정벌하러 간토(關東) 지방으로 나가서 반년째 돌아오지
않자, 학봉이 이 산에 올라가 교토를 구경하며 전쟁의 폐해와 민심 잃은
군주를 경고하였다.
1 화유(火維)는 남방(南方)을 말한다. 남방은 화(火)에 속한다.

일본 서울이 바로 진국산[2] 남쪽에 있으니

큰 성[3]과 넓은 길을 어느 해에 경영하였나.

천궁이 아득하여 붕새 나는 것 같으니

햇볕이 황금 지붕 비춰 번쩍이누나.

관백이 사는 집이 몹시 우뚝하여

오성 십이루와 참으로 비슷하구나.

층층 누대 겹친 전각이 중천에 서 있고

수정[4]으로 만든 주렴 천 칸을 둘렀네.

왜추(倭酋)들이 사는 집은 모두 금빛 지붕이라

동가의 미오[5] 같아 사람을 놀라게 하네.

높고 낮음 차례 잃어 등급 구분 없으니

어지럽게 참람함을 누가 능히 평하랴.

가련하게도 나약한 왕은 변모[6] 신세가 되어

부질없이 헛자리에 헛이름만 끼고 있네.

---

2 진국(鎭國)은 산 이름이다. (원주)

3 도(堵)는 담장을 측량하는 단위로, 1장(丈)을 판(板), 5판을 도(堵)라고 한다. 『시경(詩經)』 「소아(小雅) 홍안(鴻雁)」에, "우리들이 담을 쌓아, 백도를 모두 일으키니, 비록 고생하더라도, 끝내 편안한 집을 얻으리라.[之子于垣 百堵 皆作 雖則劬勞 其究安宅]"라고 하였다.

4 초본에는 정(晶)으로 되어 있다. (원주)

5 간사한 자가 재물을 쌓아 두고서 노년을 즐기는 장소를 말한다. 동가는 한나라의 동탁(董卓)을 가리킨다. 동탁이 초평(初平) 3년(192) 미(郿)에 오(塢)를 쌓고 만세오(萬歲塢)라고 이름을 붙였는데, 높이가 7장으로 장안성(長安城)과 같았으며, 그 안에 많은 재물을 쌓아 두었다고 한다. ―『후한서(後漢書)』 권72 「동탁전(董卓傳)」

6 옛날에 동자(童子)가 관례(冠禮)를 할 때 변모(弁帽)를 잠깐 썼다가, 관례를 마치고는 즉시 버렸다.

거리마다 잇달아 절간이 있어

곳곳에서 금과 옥이 빛나는구나.

푸른 솔 우거지고 대숲이 무성한데

하늘에서 울려오는 종 소리가 아주 맑아라.

백성들 사는 집이 천호 만호 즐비하고

가게에는 보화가 황금 궤에 벌려 있네.

끝없는 판잣집들이 땅에 깔려 있고

사방으로 이어진 길[7]이 가로 세로 통하였네.

들판은 기름져서 익은 곡식 가득하고

서풍 부는 팔월이라 추수철이 되었구나.

왜인 노래 사방에서 풍년을 즐거워하니

땅 살지고 백성 많아 오나라 같고 형 땅 같구나.

대황[8] 속에 떡하니 한 도회가 있으니

산과 바다 금탕[9]이라 누가 감히 다투랴.

다만 오랑캐들이 옛법을 잘 몰라서

눈에 뵈는 시가지가 애들 장난 같아 안타까워라.

앞에 조정 뒤에 시장도 전혀 구별치 못했으니

---

7 환궤(闤闠)는 시사(市肆)의 이칭(異稱)이다. 환(闤)은 시원(市垣)이고 궤(闠)
   는 시(市) 밖의 문이다.

8 『산해경(山海經)』「대황동경(大荒東經)」에, "동해의 밖, 대황의 안에 대언(大
   言)이라는 산이 있는데, 해와 달이 나오는 곳이다." 하였다. 중국에서 아주
   먼 지역을 말한다.

9 금성탕지(金城湯池)의 준말인데, 『한서(漢書)』「괴통전(蒯通傳)」에, "반드시
   성을 고수하려면 모두 금성과 탕지로 만들어야 공격할 수 없을 것이다."라고
   하였다. 쇠로 성을 쌓고 끓는 물로 참호를 만들었다는 뜻이다.

왼쪽 종묘와 오른쪽 사직[10]을 그 누가 밝히랴.

천치 성과 백치 성도 정해진 제도[11] 없어

왕공들이 쌓은 성이 옛 법도를 몰랐구나.

벌집 개미집 같으니 뭐 볼 것이 있으랴

만촉[12]에서 날마다 싸움질만 일삼네.

취락궁은 마치 여관 같아서

바둑판에 흩어놓은 바둑돌처럼 어지럽구나.

인의는 닦지 않고 무력만 숭상하니

백성들이 어찌 전쟁 그칠 날을 보랴.

사람들 말하기를, 관백은 호걸이라

온 나라를 신하 삼고 지금 동정 중이라네.

반년 동안 정벌에 나가 아직 돌아오지 않으니

전사자들 수북한 뼈가 높다랗게 쌓였으리.

고아와 과부들이 도성 안에 반이나 되어

남은 백성[13]들이 아침저녁 시끄럽게 울어 대네.

---

10 왕도(王都)의 제도는 왼쪽은 종묘 오른쪽은 사직[左祖右社], 앞에는 조정 뒤에는 시장[前朝後市]이다. -『만기요람(萬機要覽)』「재용편(財用篇) 5 각전(各廛)」

11 『예기(禮記)』「방기(坊記)」에 "도성은 1백 치를 넘지 않는다."라고 하였는데, 정현(鄭玄)의 주에 "치(雉)는 도량형의 명칭이니, 높이가 1장(丈), 길이가 3장이다."라고 하였다. 성벽에 기어오르는 적을 쏘기 위하여 성벽 밖으로 군데군데 내밀어 쌓은 돌출부를 치(雉)라고 하는데, 성벽을 앞이나 옆에서 보호하는 구조물이다.

12 달팽이의 왼쪽 뿔 위에 있는 나라를 촉씨(觸氏)라 하고, 달팽이의 오른쪽 뿔 위에 있는 나라를 만씨(蠻氏)라 하는데, 서로 영토를 다투어서 전쟁을 하였다. -『장자(莊子)』「칙양(則陽)」

옛부터 안 그치면 스스로 불타는 법[14]

일본 안에 겨룰 자 없다고 자랑 말진저.

시 지어 오랑캐 추장[15]에게 경계하건만

어리석은 저들이 뉘라서 내 마음 알랴.

해 저물어 돌아오니 오래된 절은 비어 있고

뜰 가득한 오동과 대나무가 가을 소리를 내네.

金鳳山前翠麓斷、一眼可盡夷王京。

籃輿晚出碧雲中、挾路松蓋迎人傾。

凌風一擧上上頭、脚下萬象爭來呈。

重巒作鎭雄北固、兩山龍躍東西縈。

芙蓉千朶立火維、融結一氣何庚庚。

大海東來經其前、二川北出波盈盈。

中開鉅野一百里、川原極目如砥平。

番都直據鎭國陽、百堵九軌何年營。

天宮縹緲若鵬騫、白日照耀黃金甍。

關白之居最傑卓、彷彿十二樓五城。

層臺複閣立中天、水精簾箔圍千楹。

豪酋甲第摠金屋、董家郿塢令人驚。

尊卑失序等威亡、紛紛僭擬誰能評。

可憐屭王作弁髦、謾擁虛器兼虛名。

連街亘衢是佛宇、處處金碧騰光晶。

蒼松鬱鬱竹森森、隱天鐘磬聲鏗鍧。

民居櫛比戶萬千、列肆寶貝羅金籯。

漫漫板屋撲厚地、四達闌闠縱復橫。

原田膴膴黃雲滿、西風八月當秋成。

夷歌四起樂豐登、地饒民稱吳與荊。

大荒居然一都會、山海金湯誰敢爭。

只恨蠻邦欠稽古、眼中聚落同戲嬰。

前朝後市了莫辨、左祖右社誰能明。

千雉百雉又無制、王公設險迷前經。

蜂屯蟻聚何足觀、蠻觸日日尋戈兵。

聚樂一宮似傳舍、手下奕棋紛楸枰。

不修仁義尙以力、居民那見風塵淸。

人言關白最雄豪、臣妾一國今東征。

東征半歲尙未還、幾多戰骨高崢嶸。

孤兒寡婦半都中、邾婁日夕啼喤喤。

從來不戢必自焚、莫言域內無爭衡。

題詩我欲警蠻酋、蚩蚩孰能知余情。

日暮歸來古寺空、滿庭梧竹生秋聲。

---

13 주루(邾婁)는 춘추시대 제후국의 이름이다. 『예기(禮記)』 「단궁 상(檀弓上)」
　　에, "주루에서 화살로 초혼(招魂)하는 것은 대체로 승형의 전쟁에서 시작된
　　것이다.[邾婁復之以矢 蓋自戰於升陘始也]"라고 하였다.

14 병(兵)이란 불과 같은 것으로, 그치지 않으면 장차 자신마저 불태울 것이다.
　　－『춘추좌씨전』 「은공(隱公) 4년」

15 조선에서는 일본국왕 이외에 조선에 왕래하였던 다이묘(大名)를 대신(大臣)
　　과 제추(諸酋), 혹은 거추(巨酋)와 제추로 등급을 나누어 대우하였다. 제추
　　(諸酋)는 '여러 수령'이라는 뜻으로, 쓰시마도주를 비롯한 일본의 여러 작은
　　지방의 영주(領主)를 가리킨다. 거추(巨酋)는 제추 가운데서도 세력이 큰 자
　　를 말한다. 조선 전기에 막부의 쇼군이 보내는 일본국왕사(日本國王使) 외에
　　일본 각지의 영주들도 사신을 보냈는데, 이를 '제추사(諸酋使)'라고 하였다.

취중에 뜻을 말하다
醉中言志

물에서는 마땅히 용이 되어야 하고
산에서는 마땅히 범이 되어야 하네.
사람 가운데 어떤 사람이 되길 원하나
성인의 자취를 따르기 원하노라.

於水當作龍、於山當作虎。
於人亦何願、願言追聖武。

한강에서 이별하며 남기다 임진년(1592)

漢江留別

병사兵使가 되어 도성을 나올 때 친구들이 와서 전송연을 베풀기에 이 시를
남겨 주었다

부월 들고 남쪽 향해 길을 떠나며

외로운 신하 한 번 죽음을 가볍게 여기네.

늘 보던 저 남산과 저 한강 물을[1]

고개 돌려 바라보니 못다한 정 남았구나.

仗鉞登南路、孤臣一死輕。

終南與渭水、回首有餘情。

◇ 이 시와 다음 시는 일본에서 돌아와 임진왜란을 겪으며 지은 시인데, 편의상
『해사록』에 함께 편집하였다.

1 두보(杜甫)의 「봉증위좌승장(奉贈韋左丞丈)」 시에 "아직도 종남산을 잊지 못
해, 머리 돌려 맑은 위수를 바라보네.[尚憐終南山 回首淸渭濱]"라고 하였다.
종남산은 당나라 서울인 장안(長安) 남쪽에 있는 산이고, 위수(渭水)는 장안
북쪽에 있는 강의 이름이어서, 우리나라 시인들이 서울의 남산(南山)과 한강
(漢江)의 별칭으로 흔히 써 왔다.

촉석루矗石樓에서 지은 절구 한 수[1]
矗石樓一絶

촉석루 위에 세 장사가[2] 올라와

한 잔 술로 웃으면서 긴 강 물을 가리키네.

긴 강 물은 밤낮으로 쉬지 않고 흘러가니[3]

물결 마르지 않는 한 우리 넋도 죽지 않으리.

矗石樓中三壯士。一杯笑指長江水。

長江之水流滔滔、波不渴兮魂不死。

---

1 선생이 초유사(招諭使)가 되어 처음에 진양(晉陽)에 도착하니 목사 이경(李
璥)은 지리산 골짜기에 숨어 있었고, 성 안에는 적막하여 사람 그림자가 없
었다. 선생이 조종도(趙宗道)·곽재우(郭再祐)와 더불어 산하를 바라보고는
비통한 마음을 금할 수 없었다. 조종도가 선생의 손을 잡고 말하였다. "진양
은 거진(巨鎭)이고 목사는 명관(名官)인데도 지금 이와 같소. 앞으로의 사세
는 다시 손써 볼 도리가 없을 것이니, 빨리 죽느니만 못하오. 공과 함께 이
강물에 빠져 죽는게 좋겠소." 하고는, 공을 강가로 이끌었다. 그러자 선생이
웃으면서 말하였다. "한 번 죽는 것이야 어려운 일이 아니나, 헛되이 죽는다
면 무슨 소용이 있겠소. 필부들이나 지키는 작은 의리를 나는 따라 하지
않을 것이오. 선왕(先王)께서 남기신 은택이 아직 다 없어지지 않았고, 주상
께서도 이미 자신을 죄책하는 교서를 내리셨으니, 하늘도 지금 화를 내린
것을 후회하고 있소. 그대들과 더불어 군사를 모은 다음 나누어 점거하고
있다가 제멋대로 쳐들어오는 왜적을 막는다면, 적은 숫자의 군대로도 충분
히 나라를 다시 일으킬 수 있으니, 회복의 공을 분명히 이룰 수 있을 것이오.
만약 불행히도 그렇게 되지 않으면 당나라의 장순(張巡)처럼 지키다가 죽어
도 되고, 안호경(顔杲卿)처럼 적을 꾸짖다가 찢겨서 죽어도 좋소. 그런데
그대는 어찌하여 그처럼 서두르는가. 이 강물을 두고 맹세하거니와, 나는
죽음을 두려워하는 사람이 아니오." 이어서 절구 한 수를 읊고는 서로 눈물
을 흘리면서 크게 통곡하고 자리를 파하였다. (원주)

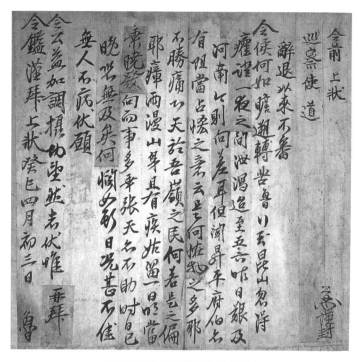

1593년에 이노가 학봉에게 보낸 편지

2　1649년 초간본(初刊本) 원주에는 학봉이 만난 두 장사가 조종도와 곽재우로
　되어 있었지만, 70여 년 뒤인 1726년에 이재(李栽)가 속집(續集)의 연보를
　편찬할 때에는 곽재우 대신 이노(李魯)가 함께 있었던 것으로 기록하였다.
　80년이 지나는 동안에 임진년 당시의 일이 차츰 밝혀져서 '촉석루 삼장사'가
　김성일·조종도·이노로 확인된 것이다.

3　어떤 본에는 '일배소지청천수 청천만고류도도(一杯笑指菁川水 菁川萬古流滔
　滔)'로 되어 있고, 어떤 본에는 '일배소지청강수 청강만고류도도(一杯笑指淸
　江水 淸江萬古流滔滔)'로 되어 있다. (원주)

중종

1538년   1세. 12월 6일, 안동부(安東府) 임강현(臨江縣) 천전리(川前里)에서 생원 진(璡)과 여흥민씨(驪興閔氏) 사이에 태어났다.

명종

1546년   9세. 6월, 모친상을 당하였다.

1554년   17세. 겨울에 현감으로 부임하는 맏형 약봉(藥峯) 극일(克一)을 따라 홍원에 갔다.

1555년   18세. 12월에 안동권씨(安東權氏) 덕봉(德鳳)의 따님과 혼인하였다.

1556년   19세. 형들의 뒤를 따라 동생 남악(南嶽) 복일(復一)과 함께 퇴계(退溪) 이황(李滉)의 문하에 나아가 수학하였다.

1557년   20세. 겨울부터 학가산(鶴駕山)에 있는 광흥사(廣興寺)에서 독서하였다.

1558년   21세. 6월에 동생 복일과 함께 도산(陶山)에서 『서전(書傳)』을 강하였다. 겨울에 형 운암(雲巖) 명일(明一)과 함께 『심경(心經)』과 『대학(大學)』의 의의(疑義)를 질문하였다.

1561년	24세. 11월에 퇴계 선생의 회갑에 찾아 뵙고 머물면서 『대학』, 『태극도설(太極圖說)』 등을 강하였다.
1562년	25세. 가을에 『주자서절요(朱子書節要)』를 도산에서 강하였다. 퇴계 선생을 모시고 천연대(天淵臺)에 올랐다.
1564년	27세. 7월에 형 명일, 동생 복일과 함께 진사회시(進士會試)에 합격하였다.
1565년	28세. 2월에 성균관에 유학하였다. 여름에 농운정사(隴雲精舍)에 머물면서 강학하였다. 겨울에 형 명일과 도산에서 학업을 익혔다.
1566년	29세. 1월에 도산에서 돌아와 여러 형제들과 함께 선유정(仙遊亭)에서 공부하였다. 퇴계 선생으로부터 학통(學統) 전수의 의미가 담긴 병명(屛銘)을 받았다.
1568년	31세. 1월에 형 명일과 함께 퇴계 선생을 뵙고, 한강(寒岡) 정구(鄭逑)와 토론하였다. 6월에 증광문과(增廣文科)에 병과(丙科)로 합격하였다. 가을에 승문원(承文院) 권지부정자(權知副正字, 정9품)가 되었다.
1569년	32세. 봄에 정자(正字, 종9품)가 되다. 가을에 휴가를 얻어 귀성하고, 청량산(淸凉山)을 유람하였다. 10월에 조정에 돌아가, 편지로 퇴계 선생에게 입신행기(立身行己)의 방법을 물었다.
1570년	33세. 예문관 검열(檢閱, 정9품)이 되었다. 12월에 퇴계 선생을 곡하였다.
1571년	34세. 예문관 대교(待敎, 정8품)가 되었다.
1572년	35세. 예문관 봉교(奉敎, 정7품)가 되었다. 상소하여 노산군(魯山君) 묘의 봉식(奉植)과 사육신(死六臣)의 관작

복구를 청하고, 군덕(君德)과 시폐(時弊)를 논하다.

1573년 36세. 성균관 전적(정6품), 병조 좌랑을 거쳐 사간원 정언이 되었다. 퇴계 선생에게 시호를 내릴 것을 청하였다.

선조

1575년 38세. 1월에 병조 좌랑이 되었지만, 2월에 체직되어 고향으로 내려갔다. 7월에 도산서원이 세워지자 도산에 갔다. 겨울에 병조 정랑(정5품)이 되어 조정으로 돌아갔다.

1576년 39세. 여름에 사가독서(賜暇讀書)하였다. 이 시기에 지은 글이 『호당삭제(湖堂朔製)』에 실려 있다.

1577년 40세. 1월에 사은겸개종계주청사(謝恩兼改宗系奏請使) 서장관이 되어 정사 윤두수와 함께 북경에 갔다. 이 시기에 지은 시가 『조천록(朝天錄)』에 실려 있다. 12월에 이조 정랑이 되어 조정으로 돌아왔다.

1578년 41세. 홍문관 교리가 되었다.

1579년 42세. 6월에 사헌부 장령(정4품)이 되어 전상호(殿上虎)로 불렸다. 9월에 함경도 순무어사(咸鏡道巡撫御史)가 되었다. 이 시기에 지은 시가 『북정록(北征錄)』에 실려 있다.

1580년 43세. 윤4월에 부친상을 당하였다.

1581년 44세. 『상례고증(喪禮考證)』을 지었다.

1582년 45세. 금계리(金溪里)로 이거하였다. 8월에 의정부 사인이 되어 조정으로 돌아갔다.

1583년 46세. 3월에 황해도 순무어사(黃海道巡撫御史)가 되어 군기(軍器)를 점검하였다. 7월에 나주 목사(정3품)가 되었다.

1584년 47세. 나주의 금성산 기슭에 대곡서원(大谷書院)을 세우고 한훤(寒暄), 일두(一蠹), 정암(靜庵), 회재(晦齋), 퇴계(退溪) 선생을 향사(享祀)하였다.

1585년 48세. 퇴계 선생의 「성학십도(聖學十圖)」와 「계산잡영(溪山雜詠)」을 간행하였다.

1586년 49세. 가을, 『주자서절요(朱子書節要)』와 퇴계 선생의 『자성록(自省錄)』을 간행하였다. 12월에 사직단(社稷壇) 위판(位版) 소실로 나주 목사에서 해임되었다.

1587년 50세. 2월에 주왕산을 유람하며 많은 시를 지었다. 3월에 석문정사를 지었다. 4월에 퇴계 선생의 문집을 편찬하였다.

1588년 51세. 6월에 병산에서 퇴계문집을 교정하였다. 8월, 종부시 정(정3품)이 되었다가 봉상시 정으로 옮겼다. 겨울에 경기 추쇄경차관(京畿推刷敬差官)이 되었다.

1589년 52세. 9월에 의정부 사인이 되었다. 10월에 예빈시 정으로 옮겨서 일본 외교승 겐소(玄蘇)를 접대하였다. 12월에 통신사(通信使) 부사가 되었다.

1590년 53세. 3월에 정사 황윤길, 서장관 허성과 함께 서울을 떠났다. 9월에 일본에서 〈조선국연혁고이(朝鮮國沿革考異)〉와 〈풍속고이(風俗考異)〉를 지었다.

1591년 54세. 2월에 부산에 도착하여 복명하였다. 3월에 성균관 대사성 겸 승문원 부제조가 되었다. 7월에 홍문관 부제학이 되었다. 12월에 동부승지가 되었다.

1592년	55세. 봄에 형조 참의에 특배되었다. 4월에 경상우도 병마절도사(慶尙右道兵馬節度使, 종2품)에 제수되었다. 왜적이 부산과 동래를 함락했다는 말을 듣고 창원(昌原) 본영으로 갔다. 나명(拿命)이 있다는 말을 듣고 길을 떠났으나, 도중에 초유사(招諭使)로 임명되어 다시 영남으로 왔다. 초유문(招諭文)을 지어 도내에 포고하였다. 진주에 도착하여 〈촉석루(矗石樓)〉 시를 지었다. 8월에 경상좌도 관찰사, 9월에 경상우도 관찰사의 명을 받았다. 진주성 전투를 주획(籌畫)하여 대첩(大捷)을 이뤄냈다.
1593년	56세. 2월에 거창에 머물며 병사 김면(金沔)을 만났다. 4월 29일 진주 공관에서 세상을 떠나, 지리산에 임시로 매장하였다. 12월 11일 안동부 북쪽 가수천(嘉樹川)에 장사 지냈다.

광해군

1620년	안동 여강서원(廬江書院)의 퇴계 선생 사당에 유성룡과 함께 배향되었다.

숙종

1676년	3월에 자헌대부 이조판서(정2품)에 증직되었다. 여강서원(廬江書院)에 사액(賜額)되어 호계서원(虎溪書院)으로 이름을 바꾸었다.
1679년	11월에 문충(文忠)이라는 시호를 받았다.
1688년	나주 대곡서원(경현서원)에 위판이 봉안되었다.

원문차례 · 찾아보기

朝天錄

北征錄

海西錄

허경진

1952년 피난지 목포 양동에서 태어났다. 연민선생이 문천(文泉)이라는 호를 지어 주셨다. 1974년 연세대 국문과를 졸업하면서 시 〈요나서〉로 연세문화상을 받았다. 1984년에 연세대 대학원에서 연민선생의 지도를 받아 『허균 시 연구』로 문학박사학위를 받고, 목원대 국어교육과를 거쳐 연세대 국문과 교수로 재직하였다. 열상고전연구회 회장, 서울시 문화재위원 등으로 활동하고 있다.
『허난설헌시집』, 『허균 시선』을 비롯한 한국의 한시 총서 50권, 『허균평전』, 『사대부 소대헌 호연재 부부의 한평생』, 『중인』 등을 비롯한 저서 10권, 『삼국유사』, 『서유견문』, 『매천야록』, 『손암 정약전 시문집』 등의 역서 10권이 있으며, 요즘은 조선통신사 문학과 수신사, 표류기, 선교사 편지 등을 연구하고 있다.

우리 한시 선집 76

학봉 김성일 시선

2021년 11월 12일 초판 1쇄 펴냄

옮긴이 허경진
펴낸이 김흥국
펴낸곳 도서출판 보고사

책임편집 황효은, 이순민
표지디자인 새와나무

등록 2001년 9월 21일 제307-2006-55호
주소 경기도 파주시 회동길 337-15 2층
전화 031-955-9797(대표)
　　　02-922-5120~1(편집), 02-922-2246(영업)
팩스 02-922-6990
메일 kanapub3@naver.com / bogosabooks@naver.com
http://www.bogosabooks.co.kr

ISBN 979-11-6587-209-0　04810
　　　979-11-5516-663-5　(세트)
ⓒ 허경진, 2021

정가 13,000원